PARIS

ाई पत्र
rogramme

Das papierne Labyrinth

इस पत्र के अन्दर कुछ न रखिये
No Enclosures Allowed

Marco Koskas

Das papierne Labyrinth

Roman

Aus dem Französischen von Anne Büchel

Buchgestaltung von Gundula Hissmann

Fretz & Wasmuth

FÜR ADAM UND MONIQUE

Die nicht illustrierte Originalausgabe erschien unter dem Titel
«L'Hindou assis sur son trésor» bei Éditions JC Lattès, Paris.

Erste Auflage 1998

«Sind Sie gläubig?» fragte ich.
«Nein», sagte er, «ich bin Atheist.
Atheist zu sein ist das größte Unglück hier in Indien.»

Antonio Tabucchi,
Indisches Nachtstück

JAI HANUMAN

Immer wenn Stéphane Opianski von seinen Indienreisen berichtete, geriet er in helle Begeisterung. Seine Schilderungen waren so amüsant und spannend, daß mich die Lust packte, ebenfalls dorthin zu reisen.

Dabei gibt es keinen größeren Widerspruch als die Begeisterung für Indien gerade bei diesem Menschen. Denn während man den Hindus tiefempfundene Frömmigkeit, ja sogar Mystizismus nachsagt, ist mein Freund Opianski ein Skeptiker durch und durch. Das magische Denken und die spirituellen Chimären Indiens interessieren ihn nicht. Was Opianski an diesem Land so gefällt, ist sehr subtil, sehr schwierig zu beschreiben. Man könnte es vielleicht so sagen: Ihm gefällt eine ganz besondere Form der Freiheit, die nur dem Hindu eigen ist. Die folgende Anekdote illustriert es besser als eine lange Erklärung. In Bombay, erzählte mir Opianski, habe er einmal geschlagene vier Stunden auf einen Lieferanten warten müssen, mit dem er einen Termin vereinbart hatte. Als Entschuldigung für seine Verspätung habe der Mann lediglich gesagt: «Ich meditierte...»

Ein Land, in dem man spirituellen Aktivitäten mehr Bedeutung zumißt als allen gesellschaftlichen Konventionen, mußte Opianski ganz einfach bezaubern.

Im Lauf der sechs, sieben Jahre, die wir uns kannten, hatte er mir schon oft von Indien erzählt, aber noch nie von den Bhrigu Shastri. Und als ihm diese beiden Wörter dann doch einmal herausgerutscht waren, wollte er sich nicht weiter darüber auslassen. Plötzlich ließ ihn das Gedächtnis im Stich, er wußte nicht einmal mehr, ob die Bhrigu Shastri in der Gegend von Delhi oder von Bombay lebten; er hatte bereits zuviel gesagt.

Es war schon spät, und Opianski wurde immer schweigsamer. Die zwei

Flaschen Bordeaux, die er im Lauf des Abends schlückchenweise geleert hatte, waren ihm in den Kopf gestiegen. Ich mußte ihm nochmals einschenken, um ihn zum Weiterreden zu bewegen. Was er mir schließlich über die Bhrigu Shastri berichtete, rührte an das Wesen jenes magischen Denkens, das ihm selbst so fremd war. Laut Opianski besaßen die Bhrigu Shastri eine Art Register oder eine monumentale Kartei, in der die Lebensgeschichte eines jeden Menschen auf Erden erzählt wurde...

«Du mußt ihnen Ort, Tag und Uhrzeit deiner Geburt angeben», verriet er mir noch. «Aufgrund dieser Daten suchen sie in ihrem großen Register nach deinen Spuren.»

«Ach so, es sind Astrologen», meinte ich etwas enttäuscht.

«Nein, Seher... Sie konsultieren ein Buch. Eine Weissagung... Für sie ist die Astrologie lediglich ein Mittel, um an diesen Text heranzukommen.»

«Und – haben sie in ihrem großen Register deine Spuren gefunden?» wollte ich wissen.

«Nein... Das heißt, ich glaube nicht. Aber ich war bloß eine halbe Stunde dort.»

Schweigend ließ er eine Weile den Wein in seinem Glase kreisen. «Weißt du», sagte er dann, «in Indien wird die Astrologie nicht weniger ernst genommen als bei uns die exakten Wissenschaften.» Und er erzählte mir noch eine Anekdote:

«Der letzte Vizekönig, Lord Mountbatten, hatte den Zeitpunkt der Unabhängigkeit Indiens auf den 15. August 1945, Punkt Mitternacht, festgesetzt. Beinahe wäre es zu einem

Aufstand gekommen, denn nach Meinung der Astrologen war das ein schlechter Zeitpunkt. Ein sehr, sehr schlechter! Und so mußte Mountbatten, um die empörten Geister zu beruhigen, die Unabhängigkeit um eine Stunde vorverschieben. Elf Uhr statt Mitternacht... Später hat es sogar einen Staatssekretär für Astrologie gegeben – in der indischen Regierung.»

Damals war ich nicht weniger skeptisch als Opianski, allerdings empfänglicher als er für grosse Erzählungen wie die Bibel oder das Mahabharata. Immer wieder kam ich auf diese Texte zurück, in denen die reale Welt und das Übernatürliche friedlich koexistieren; sie waren die Quelle für meine eigenen Bücher. A priori gehörte das Register der Bhrigu Shastri in dieselbe Kategorie, nur hatte es überdies einen gigantischen Umfang. Der Platz, den ein solches Register beanspruchen mußte, überstieg jedes Vorstellungsvermögen: eine monumentale Bibliothek, Kilometer von Enzyklopädien, ein Labyrinth aus Papyrus...

«Nein, eigentlich nicht», sagte Opianski. «Ich hab vor allem eine unbeschreibliche Unordnung in Erinnerung. Überall Papier, haufenweise... Ein echt indisches Durcheinander eben...»

Wir verbrachten die Abende häufig miteinander, Opianski und ich, um bei einem guten Tropfen die Welt neu zu erschaffen. An jenem Abend wollte mir scheinen, die Welt sei ein für allemal vollendet und in dem großen Buch der Bhrigu Shastri vollständig beschrieben. Mir schwindelte bei der Vorstellung eines so vermessenen Unterfangens: das Schicksal jedes einzelnen Menschen zu erzählen, sei er Kuli oder Nabob, Heiliger oder Halunke, weiß- oder dunkelhäutig, weise oder unwissend, egal, wann und wo er lebte oder gelebt hatte, vom Anbeginn aller Zeiten bis zum Ende der Welt...

Ich wohnte damals in einer Junggesellenbude am Fuß des Montmartre, mit Blick auf ein Straßencafé, das bei schönem Wetter stets voll besetzt war. Bis spät in die Nacht drang Gelächter und Gläserklirren zu mir herauf. Ich gehörte zu den Stammgästen; der Besitzer verwöhnte mich, die Kellnerinnen machten mir schöne Augen. Aber meine Ungebundenheit gefiel mir nicht mehr so recht. Immerzu auf der Pirsch, eine schnelle Eroberung nach der anderen... Ich dachte ernsthaft daran, seßhaft zu werden, zu heiraten, ein Kind zu haben, endgültig Schluß zu machen mit diesen flüchtigen Beziehungen. Schließlich war ich schon fast vierzig. Meine Jugendjahre lagen hinter mir, jetzt stand ich ziemlich ratlos an der Schwelle zum reiferen Alter. Es wäre mir lieb gewesen, wenn irgendein Prophet mir den Beginn einer neuen Ära verheißen hätte. Aber ich glaubte nicht an Verheißungen.

Ich glaubte lediglich an die Existenz gewisser Formen der Vorherbestimmung, die uns mit anderen Menschen – Lehrern oder Jüngern, Freunden oder Feinden – zusammenführen. Eigentlich war das keine Überzeugung, sondern eine Hypothese, wonach jeder von uns die Antwort kennt auf eine Frage, die ein anderer sich stellt. Manchmal begegnen wir diesem anderen, und das gibt unserem Leben einen Sinn; manchmal warten wir ein Leben lang vergeblich.

Opianski war mit einer ganz konkreten Frage in mein Leben getreten. Er wollte wissen, wie man ein Buch schreibt, und ich sollte ihm das Rezept liefern...

Er hatte eines schönen Tages, nachdem er als Modedesigner sehr erfolg-

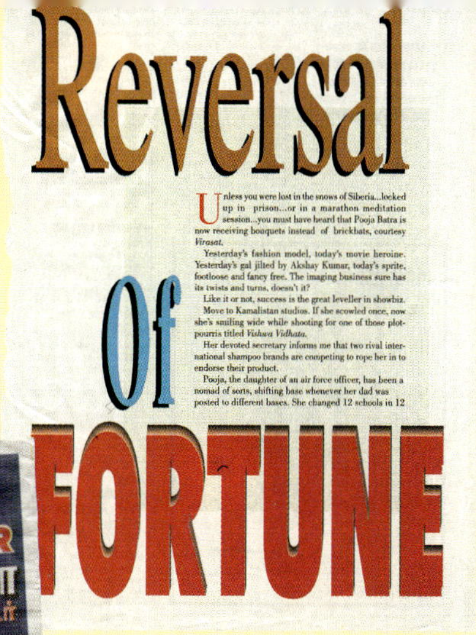

Reversal Of FORTUNE

Unless you were lost in the snows of Siberia...locked up in prison...or in a marathon meditation session...you must have heard that Pooja Batra is now receiving bouquets instead of brickbats, courtesy *Virasat*.

Yesterday's fashion model, today's movie heroine. Yesterday's gal jilted by Akshay Kumar, today's sprite, footloose and fancy free. The imaging business sure has its twists and turns, doesn't it?

Like it or not, success is the great leveller in showbiz.

Move to Kamalistan studios. If she scowled once, now she's smiling wide while shooting for one of those plot-pourris titled *Vishwa Vidhata*.

Her devoted secretary informs me that two rival international shampoo brands are competing to rope her in to endorse their product.

Pooja, the daughter of an air force officer, has been a nomad of sorts, shifting base whenever her dad was posted to different bases. She changed 12 schools in 12

reich gewesen war, seinen Beruf an den Nagel gehängt, um sich der Literatur zu widmen. Nach der Lektüre seiner ersten Versuche hatte ich ihm einerseits zu etwas mehr Phantasie und andererseits zu etwas mehr Aufrichtigkeit geraten. Aber in seinen Texten war davon noch nicht viel zu spüren. Was Opianski vorschwebte, war eine Satire auf die Modeszene, in der er gelebt hatte; er wollte spotten, parodieren, seine Vergangenheit ins Lächerliche ziehen. Sobald ich auf die Bibel zu sprechen kam, winkte er ab. Als überzeugter Atheist konnte er einfach nicht begreifen, inwiefern die Heilige Schrift ihm beim Schreiben eines höchst profanen Romans nützlich sein sollte.

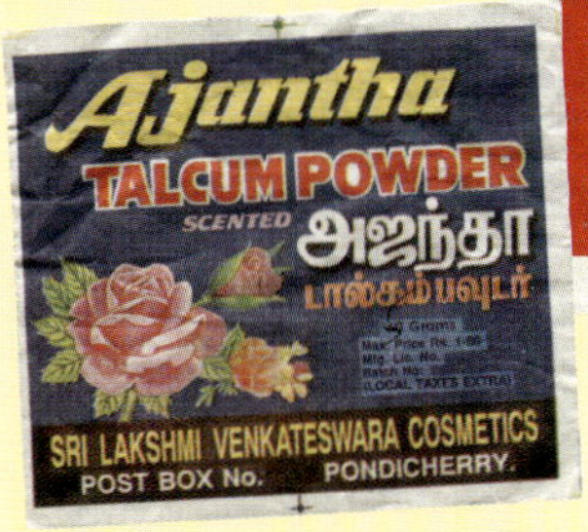

Ich war sein Mentor, und als Gegenleistung machte er mich mit hübschen Mädchen bekannt. Eine Zeitlang hatte unsere Freundschaft auf der Basis dieses Tauschgeschäfts floriert. An dem Abend, als Opianski mir von den Bhrigu Shastri erzählte, nahm sie jedoch eine unvorhergesehene Wendung.

Jetzt sah ich ihn als den anderen: denjenigen, der die Antwort auf meine Fragen wußte, den Vorboten und Wegbereiter.

An jenem Abend blieb ich zu Hause und träumte mit offenen Augen von den Bhrigu Shastri. Ein Ethnologe sagte im Radio, seit den Anfängen der Menschheit habe es auf der Erde schätzungsweise 80 Milliarden Individuen gegeben. War diese Information speziell für mich bestimmt? Jedenfalls faßte ich es so auf. Seine pedantischen Berechnungen schienen mich vor der

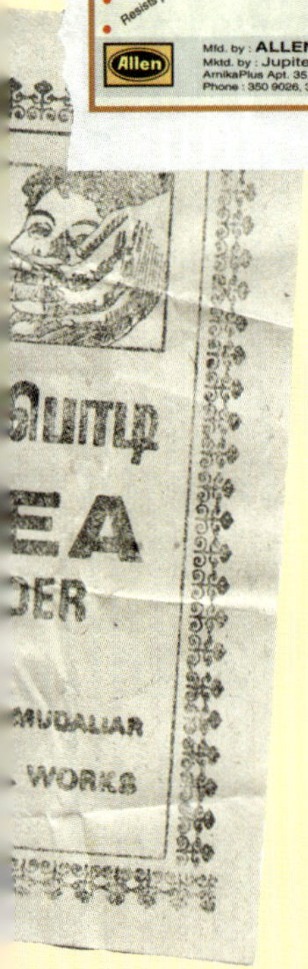

literarischen Euphorie zu warnen, in die mich dieses Riesenregister versetzte...

Freilich ahnte ich bereits damals, daß der Ursprung des Registers symbolischer Natur war und die Bhrigu Shastri «unbeweglich und von niemandem etwas erwartend», wie Henri Michaux die Hindus beschrieben hatte, auf ihrem Schatz thronen mußten. Ich nahm mir in jener Nacht wieder einmal EIN BARBAR IN ASIEN vor. Michaux schreibt darin: «Der Hindu ist im tiefen Sinn des Wortes ein Praktiker. Im geistigen Bereich will er Leistung...»

Von der harschen Kritik, die ich einige Jahre zuvor bei meiner ersten Lektüre bemerkt zu haben glaubte, war fast nichts übriggeblieben. Nur ein wenig abendländische Ironie, gemildert durch bedingungslose Bejahung einer Welt des magischen Denkens. Michaux behauptet zum Beispiel: «Die westlichen Philosophien lassen die Haare ausfallen und verkürzen das Leben. Die orientalische Philosophie läßt das Haar wachsen und verlängert das Leben.»

Gab es da nicht eine Parallele zwischen dem Haarwuchs und dem Register der Bhrigu Shastri? Ist es nicht genauso schwierig, die Haare auf dem Kopf eines Menschen zu zählen, wie die Geschichte jedes einzelnen Menschen auf Erden zu erzählen?

IN GEDANKEN WAR ICH FEST ENTSCHLOSSEN, DIE BHRIGU SHASTRI EBENFALLS ZU KONSULTIEREN, ABER ICH SCHOB DIE REISE UNTER ALLEN MÖGLICHEN VORWÄNDEN IMMER WIEDER HINAUS. Die Möglichkeit, daß ein solches Archiv tatsächlich existierte, versetzte mich zwar in Begeisterung, doch ich befürchtete, im Kontakt mit der Realität eine schreckliche Enttäuschung zu erleben. Sollte ich dieser Sache wirklich auf den Grund gehen?

So wurde das lustvolle Spekulieren mit dem großen Register zu einem Vergnügen an sich, einem Abenteuer im Kopf, das keinen Beweis erforderte. Bald begann ich in meinem Bekanntenkreis darüber zu reden, so als hätte ich diese seltsamen Seher bereits aufgesucht. Den einen ging ich damit auf die Nerven, die anderen fanden die Geschichte unheimlich spannend. Jedenfalls blieb niemand gleichgültig bei der Vorstellung, daß sein Schicksal irgendwo in einem großen Buch haargenau aufgeschrieben und beschrieben sein könnte. Überzeugte Rationalisten fanden die Idee unerträglich, und nicht selten schlug ihr Unbehagen in offene Feindseligkeit um. Man argumentierte erbittert im Namen der Vernunft; man warf mir meine geradezu sträfliche Blauäugigkeit vor. Bei den anderen, den Wohlwollenden, überwog die Neugier. Sie wollten Genaueres wissen, wollten Gewißheit. Im Grunde genommen wollte ich dasselbe wie sie.

Bei diesen Kontroversen ergriff Opianski niemals für die eine oder andere Seite Partei. Er blieb stets im Hintergrund und amüsierte sich köstlich über die hitzigen Dispute, die das große Buch der Bhrigu Shastri in meiner Umgebung auslöste. Mein Freund spielt gerne den Zauberlehrling. Es macht ihm Spaß, einen Wurm in den Apfel zu stecken und hinterher festzustellen, daß der Apfel wurmstichig ist. In dieser Beziehung ist Opianski ein Zyniker.

Beim Durchforsten diverser Werke über hinduistische Mythologie fand ich heraus, daß SHASTRI soviel bedeutet wie «Leser». Oder «Weiser». Später erfuhr ich, daß Bhrigu zu den großen Sehern gezählt wird, zusammen mit

NANDU G. TOLANI'S
RAJA BABU
Sapna Arts
SAPNA ARTS
PRESENT

sieben (je nachdem aber auch zwölf) anderen Gottheiten. Überdies gilt er als Verfasser zweier vedischer Hymnen. Demzufolge mußten die Bhrigu Shastri Erleuchtete sein. Interpreten des Buches Bhrigu.

Aber das Wort BHRIGU bedeutet auch «das Knistern des Opferfeuers», und das kam mir schon sehr viel mysteriöser vor. Mit den Namen anderer Gottheiten im hinduistischen Olymp konnte auch ein Abendländer etwas anfangen: Narada war der «Bergeversetzer», Marichi der «Lichtstrahl», der liebenswürdige Vishvamitra der «universale Freund»... Bhrigu aber widersetzte sich jeder Übertragung, jeder anderen als einer wortwörtlichen Übersetzung. Er war kein Gegenstück zu Prometheus, noch wurde er Agni, der vedischen Gottheit des Feuers, gleichgesetzt. Er war lediglich ein mit dem Feuer verbundenes Geräusch. Nicht der zündende Funke, nur das Knistern des Feuers. Nur ein Geräusch, unfaßbar und unbenennbar.

Allerdings gibt es im Hinduismus so viele Feuer beziehungsweise unterschiedliche Arten von Feuer, daß sich selbst die Verfasser der heiligen Schriften uneins sind. In manchen Büchern werden neunundvierzig verschiedene Arten erwähnt, in anderen lediglich zehn. Kein anderes Element ist im hinduistischen Denken so bedeutsam wie das Feuer. Aber inwiefern unterschied sich das Knistern eines gewöhnlichen Feuers vom Knistern eines Opferfeuers? Und was hatte ein so schwaches Geräusch mit dem gigantischen Werk, das Bhrigu zugeschrieben wurde, eigentlich zu tun?

Opianski versuchte es mit einer logischen Erklärung dieses «Knisterns des Opferfeuers». Ein Feuer, meinte er, könne aus ganz verschiedenen Gründen knistern. Zum einen komme es auf die im Holz enthaltene Feuchtigkeit an, zum anderen auf die Art, wie der Holzstoß geschichtet sei. Jedenfalls sei das Knistern ein Zeichen dafür, daß sich den Flammen ein Hindernis entgegensetze. Irgendeine chemische Reaktion behindere den Verbrennungsprozeß, zum Beispiel weil das Holz noch grün sei oder weil die einzelnen Scheite verschieden schnell verbrennen würden. Dann höre sich das Feuer nicht mehr harmonisch an, es beginne zu knistern, oder es erlösche.

Mußte man daraus schließen, daß auch Bhrigu bei seinem ehrgeizigen Unterfangen auf ein Hindernis in Form eines Naturgesetzes gestoßen war? Daß es ihm nicht gelungen war, ALLE Menschen in seine Weissagung mit einzubeziehen?

«Die hinduistische Mythologie ist eben höchst kompliziert», meinte Opianski ungerührt. «Da wirst du dich rettungslos verirren.»

Ich forschte jedoch trotzdem weiter. So fand ich heraus, daß Bhrigu einen Sohn namens Shukra hatte, welcher Tote erwecken konnte und deswegen im hinduistischen Olymp von allen beneidet wurde. Shukra gab sein Wissen großmütig an andere weiter, freilich nicht an alle, sondern nur an solche, die ihm sympathisch waren. Das führte zu Animositäten, weshalb Shukra von Vishnu mit dem Verlust eines Auges bestraft wurde...

SHUKRA kann auch «Sperma» bedeuten. Nun ist für Hindus der Planet Venus die sichtbare Gestalt Shukras – ein weiblicher Planet also. Über eine solche Metamorphose darf man sich aber nicht wundern: In den Mythen der Hindus tritt ein und dieselbe Gottheit abwechselnd als Mann oder als Frau, als Engel oder Dämon, als Zwerg oder Riese in Erscheinung.

Des weiteren schrieb man Shukra eine moralphilosophische Abhandlung zu; er war also zugleich Gott der Fruchtbarkeit und Pädagoge.

All dies hatte ich im Lauf meiner Nachforschungen über Bhrigu und seine Nachkommen herausgefunden. Nur war das Rätsel des großen Buches damit

nicht gelöst. Um so mehr wuchs mein Verlangen, mir an Ort und Stelle Klarheit zu verschaffen. Nun bewegte mich aber nicht mehr so sehr die Neugier auf meine persönliche Zukunft. In dieser Hinsicht hatte sich mittlerweile alles zum Besten gewendet: Ich war verheiratet, bald sollte ich Vater werden. Jetzt, nachdem im realen Leben meine Wünsche in Erfüllung gegangen waren, wollte ich einer anderen Wirklichkeit auf die Spur kommen.

Um diese Zeit herum zog Opianski in die Provence, fest entschlossen, das Geheimnis der Schriftstellerei zu ergründen. Als er mich erstmals nach seinem Wegzug in Paris besuchte, eröffnete er mir, er werde seinen Roman mit einem Kapitel über die Verlust seiner Unschuld beginnen – nur daß im Roman sämtliche Vorfahren als Beobachter anwesend seien und die Prozedur in allen Einzelheiten kommentierten.

Ich fand die Idee ausgezeichnet und um so überraschender, als Opianski ganz von alleine darauf gekommen war. Durch den Auftritt all dieser Phantome erhielt die Geschichte einen poetischen Touch, was bestimmt erfrischender war als eine Gesellschaftssatire. Opianski schien auf bestem Wege, mit Hilfe des Magischen eine gewisse Sterilität zu überwinden. Er wagte sich auf das Gebiet der Allegorie vor, ohne jedoch den Boden der Tatsachen zu verlassen. Lag nicht dieselbe Absicht auch der Bibel, dem Mahabharata oder dem Register der Bhrigu Shastri zugrunde?

Wir bewegten uns also in dieselbe Richtung, Opianski und ich. Es dauerte nicht lange, bis ich überzeugt war, daß wir unbedingt gemeinsam nach Indien reisen mußten. Doch es sollten noch zwei Jahre vergehen, ehe wir aufbrachen.

Lange bevor man indischen Boden betritt, also schon bei den Reisevorbereitungen, wird alles zu einer Glaubensfrage. Man muß sich gleich entscheiden zwischen dem, was man selber glaubt, und dem, was die Inder glauben. Auf dem Konsulat zum Beispiel beteuerten Damen im Sari, es seien keinerlei Impfungen nötig; im Institut Pasteur dagegen rieten mir Ärzte im weißen Kittel zu vier Impfungen: gegen Tetanus, Polio, Hepatitis B und Diphtherie.

Ich entschied mich schließlich für die Weißkittel, Opianski für die Saris. Zudem schloß ich eine Reiseversicherung ab, was Opianski für überflüssig hielt: «In Indien kann mir nichts Schlimmes zustoßen», behauptete er. Sein Vertrauen in dieses Land war ebenso blind wie unerschütterlich. Es war, als ob Opianski nach langer Abwesenheit in die Heimat zurückkehrte. Er konnte den Tag unserer Abreise kaum erwarten, während ich immer nervöser und ängstlicher wurde. Eine solche Reise nur zu dem Zweck, eine reine Hypothese zu überprüfen – war das nicht hirnverbrannt?

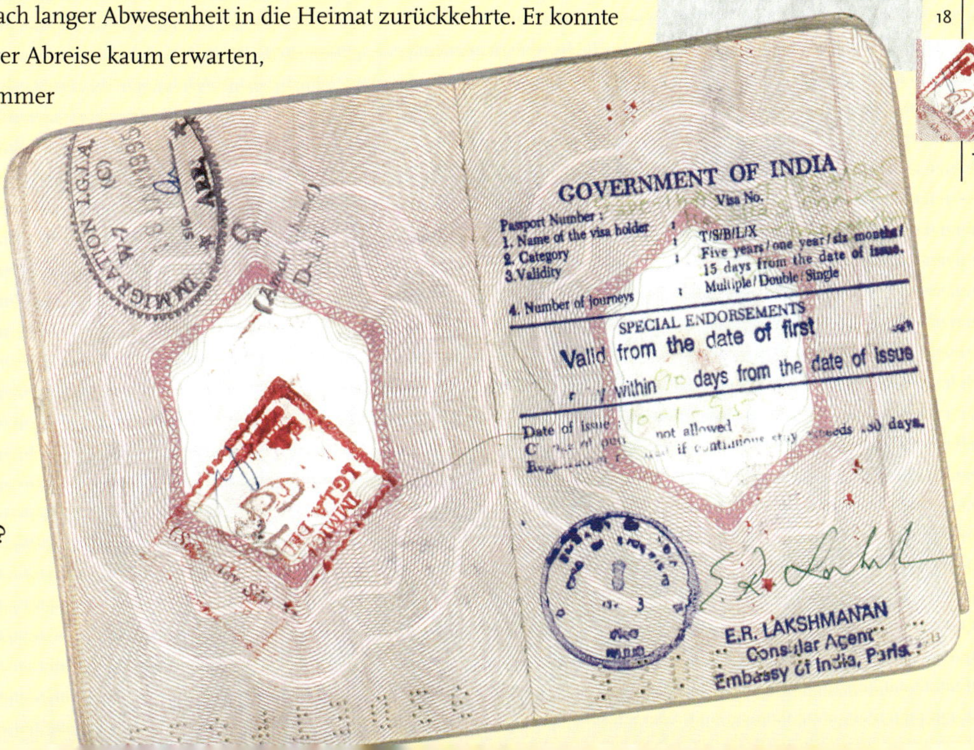

Bei unseren Vorbereitungen stellte sich unter anderem auch das Problem eines Mitbringsels für A.B. und Priet Singh, einem Sikh-Ehepaar, bei dem wir in Delhi zu Gast sein würden. Opianski hatte die beiden vor zwanzig Jahren kennengelernt, als er seine Modelle in Indien fertigen ließ, und die Singhs waren ihm ans Herz gewachsen. Er riet mir ernstlich davon ab, ihnen eine

Flasche Beaujolais mitzubringen, wie ich vorhatte. Die Singhs tranken keinen Alkohol, belehrte er mich, sie hätten ihrer Lebtag keinen Alkohol angerührt. Obschon er sie seit den siebziger Jahren nie mehr besucht hatte, erfüllte ihn ihre asketische Lebensweise immer noch mit Bewunderung.

Doch Opianskis Beschreibung der Singhs entsprach ganz und gar nicht mehr der Realität. Mr. Singh hatte sich mittlerweile seine Haare kurz schneiden lassen, er trug auch keinen Sikh-Turban und keinen langen Bart mehr. Priet hatte ihren Sari mit einem Hosenanzug vertauscht, der eher chinesisch als indisch anmutete. Sie war reich geworden. Aber sie wirkte immer noch so fröhlich und lebhaft, wie Opianski sie mir geschildert hatte.

Meinem Freund fiel es offensichtlich schwer, sich nicht anmerken zu lassen, wie sehr ihn die Metamorphose der Singhs verblüffte. Halb gerührt, halb enttäuscht, brannte er darauf, die Gründe dafür herauszubekommen, während er gleichzeitig die beiden mit liebevollen Blicken bedachte. Sie entsprachen nicht mehr dem Bild, das er sich von ihnen gemacht hatte, und waren dennoch dieselben geblieben, widerlegten und bestätigten also zugleich, daß Opianskis Indien nicht mehr existierte. War das ein schlechtes Omen für mein Vorhaben? Existierte dieses große Register der Bhrigu Shastri etwa nur in Opianskis Phantasie? Ich spürte seinen verstohlenen Blick auf mir und versuchte ihn mit einem komplizenhaften Lächeln zu beschwichtigen.

Beim Aperitif stellte sich heraus, daß auch die Alkoholabstinenz unserer Gastgeber der Vergangenheit angehörte: Whisky, Bier, Portwein, Gin – alles war reichlich vorhanden. Ja, die Singhs hatten sich ganz gewaltig verändert. Nicht nur, daß sie jetzt Alkohol tranken, sie tranken sogar jeden Abend und hatten diese DRINK TIME zu einem wichtigen Ritual ihres Alltags gemacht.

Opianski mußte grinsen, als Mr. Singh uns einen Beaujolais anbot. Aber unser Gastgeber war so stolz auf diese Flasche Beaujolais, daß wir uns wohl oder übel auf ein Gespräch über Wein einlassen mußten. Insbesondere interessierte sich A.B. für den Fabrikationsprozeß: Mußte man die Trauben schälen und entkernen, irgendwelche Farbstoffe zusetzen?

«Wie schaut denn euer Programm aus?» erkundigte sich Priet, um das Thema zu wechseln.

«Also, ich möchte zu diesen Sehern...»

«Was für Seher?» fragte sie stirnrunzelnd.

«Die Bhrigu Shastri», erklärte Opianski.

«Aha – und sonst?» fragte Priet weiter, als seien die Seher kein ausreichender Grund für eine Indienreise.

«Sonst nichts», gestand ich.

Priet schien perplex. Sie hatte wohl erwartet, daß ich sämtliche Sehenswürdigkeiten des Subkontinents abklappern wollte. Sie hatte sich sogar vorgestellt, daß wir ein paar Tage im Dschungel nahe der birmanischen Grenze verbringen könnten. Einer ihrer Bekannten hatte zehn Jahre lang dort gelebt, er wußte über alles Bescheid und wäre bereit gewesen, uns diese Gegend zu zeigen.

So verlockend die Idee auch sein mochte, ich wollte keine Sehenswürdigkeiten besichtigen, ehe ich nicht bei den Bhrigu Shastri gewesen war.

Ein Diener erschien und verkündete mit gefalteten Händen, das Abendessen sei serviert. Ein kleiner, zierlicher Mann mit scheuem Blick, der eine weiße Kopfbedeckung à la Nehru und einen Hörapparat trug.

Wir gingen zu Tisch.

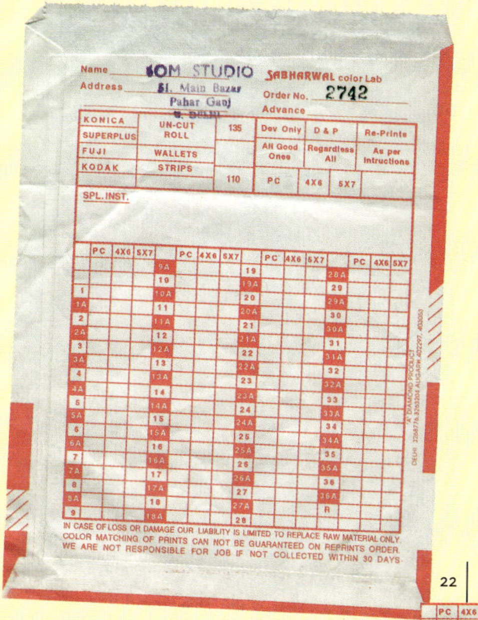

A.B. Singh hatte wohl auf jedes äusserliche Zeichen seiner Religionszugehörigkeit verzichtet, aber beim Essen bediente er sich nach wie vor ausschliesslich seiner Finger. Mit der Präzision eines Uhrmachers sortierte er fein säuberlich alles, was er auf dem Teller hatte, bis zum letzten Reiskorn, und schob es zu winzigen Häufchen zusammen, die er dann zum Mund führte. Essen war für ihn offenbar ein sinnliches Vergnügen, aber auch eine Tätigkeit, die höchste Konzentration erforderte und ihn gleichgültig gegenüber allem machte, was um ihn herum vorging.

«Glauben Sie denn daran?» fragte Priet unvermittelt.

«Woran?» bemerkte Mr. Singh zerstreut, in der Annahme, die Frage sei an ihn gerichtet.

«An die Sache mit Bhrigu», sagte sie.

«Ich? Nein», nuschelte er mit vollem Mund.

«Aber Darling», seufzte sie. «Ich hab doch unseren Gast gefragt!»

«Ich bin bloß neugierig», sagte ich.

«Wissen Sie», meinte sie mit einem nachsichtigen Lächeln, «nach unserer Auffassung handelt es sich beim Glauben und bei der intellektuellen Neugier um zwei völlig getrennte, ja sogar gegensätzliche Bereiche, die sich nirgends berühren.»

Nach einer Pause fügte sie hinzu: «Sie sollten in Indien nie zugeben, daß Sie ungläubig sind. Das kompliziert alles...» Dann stand sie auf und sagte, sie wolle eben mal eine Kusine anrufen, die bei den Bhrigu Shastri gewesen sei.

Das Gespräch mit der Kusine wurde in einer Mischung aus Hindi und

Englisch geführt, und so wartete ich, bis Priet aufgelegt hatte, um zu fragen, was sie denn gesagt habe.

«Tut mir leid, aber meine Kusine Indira möchte lieber nicht mit Ihnen darüber sprechen», gestand Priet.

«Kein Wunder», sagte Mr. Singh trocken. «Indiras Mann ist nämlich mit seiner Sekretärin auf und davon. Die Geschichte ist ja bekannt: Er und nicht Indira hat die Bhrigu Shastri konsultiert. Sie prophezeiten ihm, er werde sich scheiden lassen. Das hat er prompt als Vorwand benutzt, um mit diesem Mädchen abzuhauen.»

Daß Indira nicht mit mir sprechen wollte, enttäuschte mich natürlich. Andererseits verlieh dieses Ehedrama dem Register der Bhrigu Shastri eine ungeahnte neue Dimension. Es handelte sich also nicht nur um einen prophetischen Text in der eigentlichen Bedeutung des Wortes, sondern auch um einen, der Geschichten erzählte. Alle möglichen Geschichten. Im Fall Indiras war es eher ein Groschenroman: Schürzenjäger läßt Ehefrau sitzen und sucht mit attraktivem Flittchen das Weite. Tags darauf erzählte mir eine Freundin von Priet jedoch eine Geschichte, die eher märchenhafte als romanhafte Züge trug. Der Märchenheld hieß Rustom.

Zu der Zeit, als er die Bhrigu Shastri aufsuchte, befanden sich Indien und Pakistan im Kriegszustand. Rustom lebte damals in Amritsar, also in Frontnähe, und wegen der exponierten Lage der Stadt mußte man das Schlimmste befürchten. Doch die Seher prophezeiten Rustom, er könne die Katastrophe verhindern, wenn er in Amritsar ausharre. Was er auch tat. Und wirklich, nicht eine einzige Kanonenkugel ging auf Amritsar nieder...

Jedermann in Priets Bekanntenkreis kannte irgendeine Geschichte über die Bhrigu Shastri, aber keiner spielte selbst eine Rolle in dieser Geschichte. Indira wollte nicht mit mir darüber sprechen, Rustom war gestorben, ein anderer war inzwischen nach Qatar ausgewandert. Alles, was ich vernahm, stammte aus zweiter Hand; ich mußte mich mit Berichten begnügen, die jeder nur vom Hörensagen kannte, mit vagen Erinnerungen. Und jedem Bericht ging unweigerlich dieselbe Frage voraus: Glaubte ich daran oder nicht? Daß ich bloß neugierig war, kam Priets Bekannten suspekt vor. Dabei waren sie sich nicht einmal darüber einig, wo diese Bhrigu Shastri lebten. In Benares, behaupteten die einen; in irgendeinem Vorort von Delhi, meinten die anderen, aber wo genau, wußten sie auch nicht; wieder andere versicherten mir, der Tempel befinde sich irgendwo im Punjab.

Diese Ungewißheit, dieses Überall und Nirgends war eng mit der Legende von Bhrigu verbunden. Wie man mir sagte, gehörte Bhrigu zu den minder bekannten unter den zahllosen Gottheiten der Hindus. Er war ein ganz kleiner, unscheinbarer Gott, ein ziemlicher Faulpelz mit einem Hang zum Flunkern. Obwohl ein Sohn Brahmas – oder vielleicht gerade aufgrund dieser erdrückenden Verwandtschaft –, wurde er kaum zur Kenntnis genommen. Einzig im Vishnu-Purana war von ihm die Rede. Alle anderen heiligen Schriften ignorierten ihn schlicht.

Aber andererseits berichtete die Legende auch, Bhrigu habe die Saat seines Werkes in alle vier Winde ausgestreut. Da sollte einer nun wissen, wo er mit Suchen beginnen mußte...

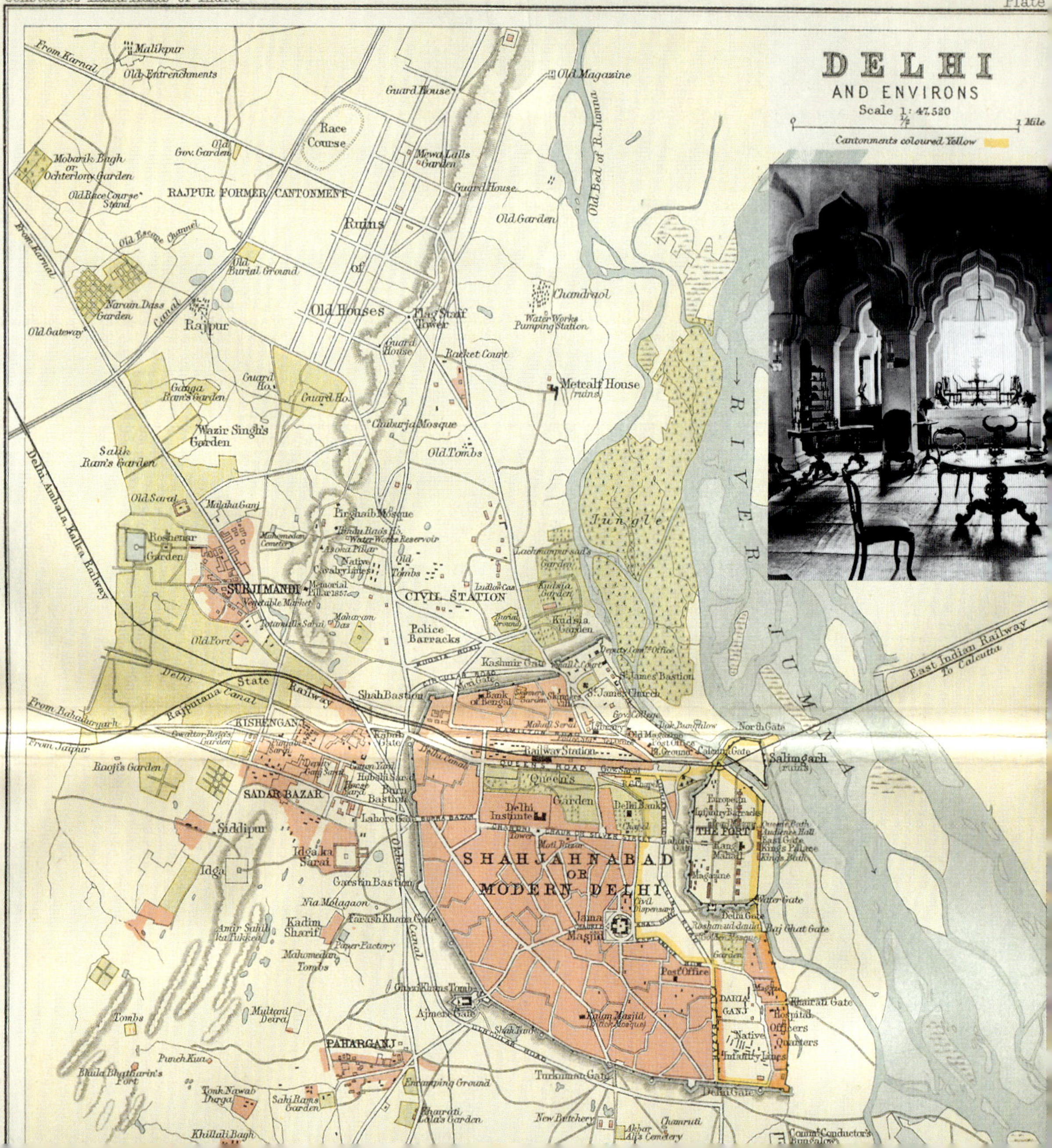
DELHI
AND ENVIRONS
Scale 1: 47,520
1/2
1 Mile
Cantonments coloured Yellow
From Karnal
Malikpur
Old Entrenchments
Old Magazine
Guard House
Race Course
Old Gov. Garden
Mobarik Bagh or Ochterlony Garden
Mewa Lalls Garden
Old Race Course Stand
RAJPUR FORMER CANTONMENT
Guard House
Old Bed of R. Jumna
Old Garden
Ruins of Old Houses
Old Escape Channel
Old Burial Ground
Narain Dass Garden
Canal
Rajpur
Old Gateway
Flag Staff Tower
Chandraol
Water Works Pumping Station
Guard House
Racket Court
Metcalf House (ruins)
Ganga Ram's Garden
Guard Ho.
Guard Ho.
Wazir Singh's Garden
Salik Ram's Garden
Chuburja Mosque
Old Tombs
Delhi, Ambala, Kalka Railway
Old Sarai
Malaka Ganj
Pirghaib Mosque
Roshenar Garden
Jungle
RIVER JUMNA
SURJIMANDI
Vegetable Market
Memorial Pillar 1857
Native Cavalry Lines
Old Tombs
CIVIL STATION
Ludlow Cas
Kudsia Garden
Lachmurpursad's Garden
Old Fort
Maharam Das
Police Barracks
Kudsia Garden
Burial Ground
Kashmir Gate
Deputy Com^r Office
St. James Bastion
Delhi State Railway
Rajputana Canal
From Bahadurgarh
Shah Bastion
Mori Gate
Bank of Bengal
St. James Church
East Indian Railway To Calcutta
KISHENGANJ
From Jaipur
Kabul Gate
Railway Station
North Gate
Salimgarh (ruins)
Calcutta Gate
Raoji's Garden
Queen's Road
Queen's Garden
Delhi Canal
SADAR BAZAR
Burn Bastion
Lahore Gate
Delhi Institute
Delhi Bank
European Infantry Barracks
THE FORT
Siddipur
Idgah ka Sarai
Idga
SHAHJAHNABAD OR MODERN DELHI
Garstin Bastion
Magazine
Water Gate
Nia Molagaon
Farash Khana Gate
Civil Dispensary
Delhi Gate
Raj Ghat Gate
Kadim Sharif
Jama Masjid
Paper Factory
Mahomedan Tombs
Post Office
DARIA GANJ
Khairati Gate
Hospital Officers Quarters
Native Infantry Lines
Multani Dera
Ajmere Gate
Kalan Masjid (Black Mosque)
Tombs
PAHARGANJ
Punch Kua
Bhula Bhatharin's Fort
Turkman Gate
Encamping Ground
Delhi Gate
Tonk Nawab Durga
Sahi Rams Garden
Bharati Lala's Garden
New Butchery
Akbar Ali's Cemetery
Khillali Bagh
Comm^t Conductor's Bungalow

So verstrichen mehrere Tage, ohne dass ich auch nur einen Schritt weiterkam. Das Haus unserer Gastgeber, eine in der Nähe des India Gate gelegene Villa im Kolonialstil, wurde gerade renoviert. Dazu war anscheinend ein gutes Dutzend Arbeiter nötig, von denen freilich nicht alle auch tatsächlich arbeiteten. Die meisten saßen herum, schlürften ihren Tee und schauten zu, wie ihre Kollegen Marmorblöcke zurechtsägten und Eimer schleppten.

Diese eigenartige Arbeitsteilung wirkte irgendwie provokant. Rentabel war sie bestimmt nicht. Aber sie war ein Abriß der indischen Mentalität, eine Momentaufnahme jener geistigen Freiheit, von der Opianski schwärmte.

Unsere touristischen Aktivitäten hielten sich in Grenzen. Ein kleiner Ausflug zum Khan Market, ein zweiter zum Connaught Place, damit hatte es sich. Ich sah weder Agra noch den Taj Mahal, ich hatte auch gar keine Lust dazu. Statt dessen schlenderte ich durch Old Delhi, und dabei fühlte ich mich überhaupt nicht wie in der Fremde. Das einzige, was in diesen übervölkerten Straßen fremdartig anmutet, ist das Gewimmel von Menschen und Tieren und Vehikeln (von Motoren oder Armen oder Beinen vorwärtsbewegt), dieser kompakte und dennoch geschmeidige Teig, den ein kybernetischer Schutzengel durchzukneten scheint. Wie bringen es diese Leute nur fertig, sich nicht alle Augenblicke gegenseitig über den Haufen zu rennen oder zu fahren? Sie drängen sich zu Dutzenden auf einer Fläche, die kaum größer ist als ein Taschentuch, tänzeln knapp aneinander vorbei, schlängeln sich durchs Gewühl, ohne jemals ihre Last zu verlieren, vermeiden um Haaresbreite die Karambolage. Und wie schaffen sie es nur, in diesen Schwaden von Auspuffgasen zu überleben?

Hinter dem scheinbaren Chaos von Old Delhi herrscht eine eiserne

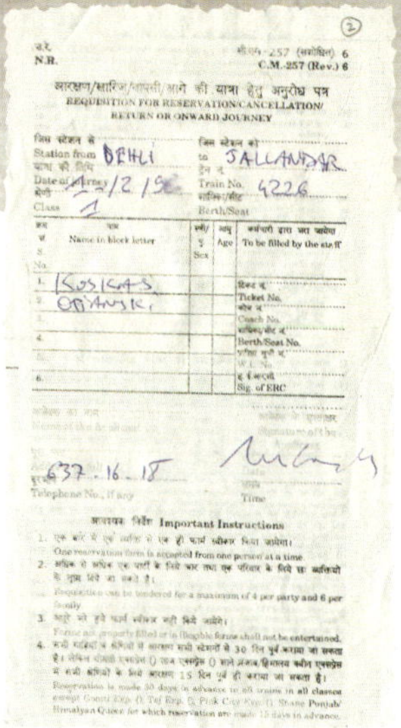

(2)

N.R.

C.M.-257 (Rev.) 6

REQUISITION FOR RESERVATION/CANCELLATION/
RETURN OR ONWARD JOURNEY

Station from DEHLI to JALLANDAR

Date of Journey –/2/96 Train No. 4226

Class 1 Berth/Seat

S. No.	Name in block letter	Sex	Age	To be filled by the staff
1.	KUSICAS.			Ticket No.
2.	ODIANSKI.			
3.				Coach No.
4.				Berth/Seat No.
5.				W.L. No.
6.				Sig. of ERC

Signature of the Applicant

Telephone No., if any 637-16-18

Date

Time

Important Instructions

1. One reservation form is accepted from one person at a time.
2. Requisition can be tendered for a maximum of 4 per party and 6 per family.
3. Forms not properly filled or in illegible forms shall not be entertained.
4. Reservation is made 30 days in advance in all trains in all classes except Gomti Exp. (), Taj Exp. (), Pink City Exp. (), Shane Punjab/ Himalyan Queen for which reservation are made 15 days in advance.

Disziplin, eine millimetergenaue Organisation. Der Inder verinnerlicht die Masse, so funktioniert das. Er orientiert sich nicht am Raum, sondern an seinem Nächsten. In einer menschenleeren Straße würde er sich verirren, an der frischen Luft müßte er ersticken.

Opianski genoß es in vollen Zügen und gab, wenn ich ungeduldig wurde, nur sibyllinische Worte von sich. «Erst wenn das Wild Durst hat, geht es zur Tränke», war eine seiner Lieblingssentenzen. Das sollte wohl eine Anspielung auf die Tatsache sein, daß ich von Malvika, einer Bekannten der Singhs, welche angeblich die Bhrigu Shastri konsultiert hatte und felsenfest an deren Weissagungen glaubte, immer wieder versetzt wurde.

Malvika lehnte eine persönliche Zusammenkunft hartnäckig ab. Ihre Botschaften wurden mir stets durch A.B. oder Priet übermittelt. Immerhin erfuhr ich auf diese Weise schließlich, daß sich der fragliche Tempel in Hoshiarpur befand, einer Stadt im Punjab. Malvika war vor kurzem von dort zurückgekehrt.

Aber um mir die Sache nicht allzu leicht zu machen, ließ sie mir auch ausrichten, daß keine Züge in Hoshiarpur hielten. Man könne nur bis Jalandhar fahren, dort müsse man dann selbst sehen, wie man nach Hoshiarpur komme.

Wir beschlossen also, mit dem Nachtexpress Delhi-Amritsar nach Jalandhar zu fahren.

Über die indische Eisenbahn wußte ich nur soviel, daß sie wegen ihrer chronischen Verspätungen berüchtigt war. Ich hatte keine Ahnung, daß hierzulande jeder potentielle Eisenbahnreisende einen komplizierten Fragebogen, booking form genannt, ausfüllen muß.

Opianski fand diesen Fragebogen so absurd wie ich, aber im Gegensatz zu mir regte er sich nicht darüber auf. «Das ist eben Indien», sprach er, sibyllinischer denn je. Man müsse dieses Formular von seinem symbolischen Aspekt her betrachten. Es habe keinen Sinn, Namen, Alter, Geschlecht und Adresse korrekt anzugeben; das einzige, was zähle, sei das Reiseziel. Es komme nur darauf an, irgend etwas hinzuschreiben und auf diese Weise mit einigen Zeilen seinen persönlichen Beitrag zum Großen Buch der Eisenbahnreisen zu leisten. Ich solle das nicht als lästige Formalität betrachten, sondern als Parallele zum eigentlichen Ziel meiner Reise, dem Großen Archiv der Menschenschicksale. Alles andere sei unwichtig.

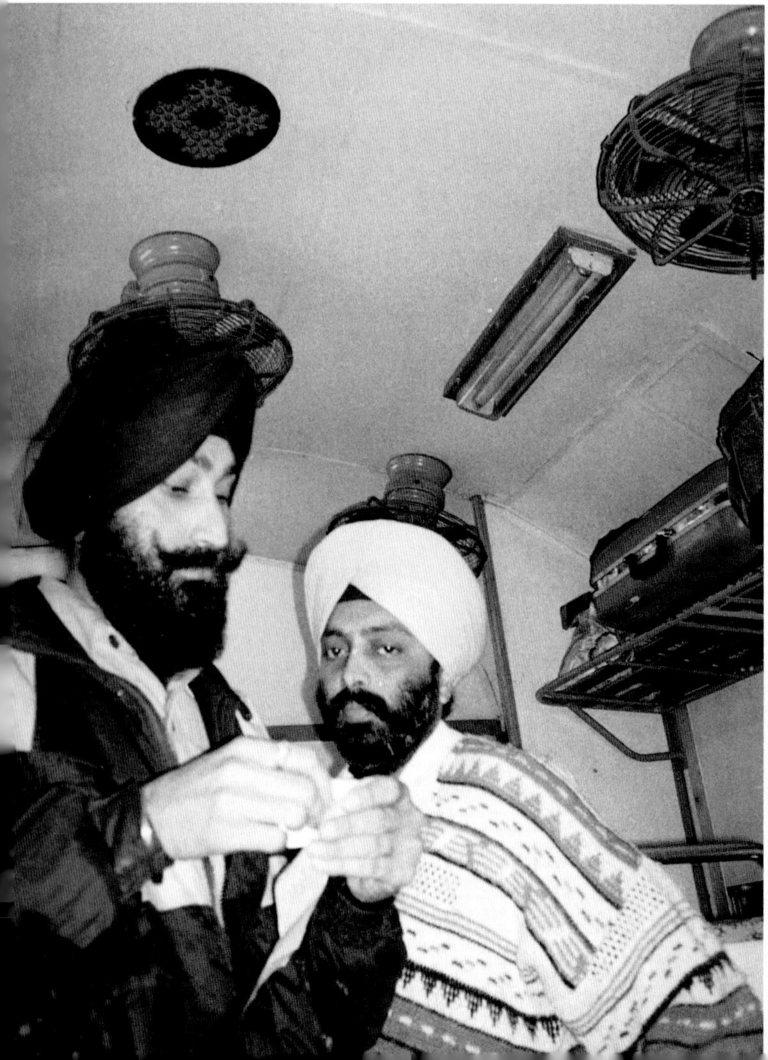

Das stimmte mich versöhnlich, und die eisige Kälte in unserem Abteil störte mich nicht mehr so sehr. Opianski, der sich auf seiner Liege zusammengeringelt hatte, schlief gegen zehn Uhr ein; ich dagegen blieb wach. Der Zug raste durch die Nacht, als wollte er den Fahrplan um jeden Preis einhalten und seinen schlechten Ruf Lügen strafen. Er hatte tatsächlich keine Minute Verspätung. Punkt 4.45 Uhr trafen wir in Jalandhar ein.

Der Wartesaal, wo überall reglose, in Decken gehüllte Gestalten herumlagen, sah aus wie eine Totenstadt. Auch wir fühlten uns mehr tot als lebendig. Zerzaust und vor Kälte zitternd kletterten wir über die Schlafenden hinweg in Richtung Ausgang. Kein Taxi weit und breit, nur ein übernächtigter, barfüßiger, in ein schmutzigweißes Wolltuch gehüllter Rikschafahrer. Ich fragte, ob er uns zum besten Hotel am Platz führen könne, worauf er eifrig nickte und rief: «Kamal

Palace!» Das klang vielversprechend. Vermutlich war es das Geschäft seines Lebens: dreißig Rupien für einen Hindernislauf im Morgengrauen. Selbst zu diesem Preis ersparte uns der Rikschafahrer kein einziges Schlagloch.

Wir wurden durchgeschüttelt wie zwei Mehlsäcke und hatten keine Ahnung, wo wir nach dieser Reise durch das nächtliche Punjab landen würden. Und wir froren wie die Schneider.

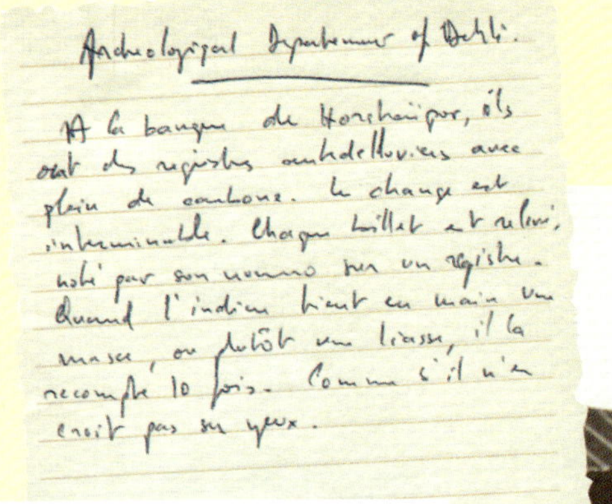
Archeological Department of Delhi.
A la banque de Hoshiarpur, ils ont des registres antédiluviens avec plein de carbone. Le change est interminable. Chaque billet est relevé, noté par son numéro sur un registre. Quand l'indien tient en main une masse, ou plutôt une liasse, il la recompte 10 fois. Comme s'il n'en croit pas ses yeux.

AM NÄCHSTEN MORGEN LASSEN WIR EIN TAXI KOMMEN UND FAHREN NACH HOSHIARPUR. Das ist eine völlig reizlose

große Kleinstadt im Herzen des Punjab, dem Lande der Sikhs. Hier tragen sie buntere Turbane als in Delhi, und ihre Kühe sehen ebenso wohlgenährt aus wie die in der Normandie. Dieses Punjab scheint sich einen Spaß daraus zu machen, das durchgeistigte, jedoch halbverhungerte Antlitz Indiens zu dementieren. Der Sikh aus dem Punjab, nicht ganz Inder und auch nicht ganz Pakistani, schert sich keinen Deut um die hinduistischen Gottheiten. Für ihn zählt nur das Gold. Ohne mit der Wimper zu zucken, trinkt er im Goldenen Tempel von Amritsar das Wasser, mit dem sich seine Glaubensgenossen die Füße gewaschen haben. Er reinigt sich mit schmutzigem Wasser. Aber außerhalb des Tempels befindet er sich außer Reichweite des Göttlichen. Mit geschwellter Brust kehrt er ins weltliche Leben zurück, und kein Wind weht so rauh, daß er ihm den Turban vom Kopf blasen könnte.

Der Sikh aus dem Punjab liebt es, Weib und Kind auf seinen Motorroller zu packen und durch die Gegend zu rasen. Er besitzt eine weitverzweigte, temperamentvolle, neapolitanisch anmutende Verwandtschaft. Nie sieht man einen, der auf seinem Zweirad weniger als vier Passagiere mitführt. In seiner lauten Fröhlichkeit liegt eine Spontaneität, in seiner unbekümmerten Art eine Vitalität, die einen scharfen Kontrast zur Zurückhaltung des Hindu bilden.

Unser Taxi schlängelt sich zwischen Kühen,

Fußgängern und Rikschas hindurch. Hin und wieder stoppt der Fahrer, um nach dem Weg zu fragen. Man dirigiert uns bald hierhin, bald dorthin. Bhrigu ist überall und nirgends, und so fahren wir in alle Richtungen. Nur Bhrigus Konterfei ist allgegenwärtig, in jedem Laden, wo wir uns nach dem Weg erkundigen; ob mit Reißzwecken an die Wand geheftet oder liebevoll eingerahmt, es beweist klipp und klar, daß wir uns jetzt auf Bhrigus Territorium befinden. Alle Punjabis verehren den Weisen mit dem weißen Bart und dem gütigen Blick.

Schließlich stoppt der Wagen an der Einmündung eines Gäßchens, in dessen Mitte ein Eisenpfosten die Durchfahrt versperrt. Hier also müßte im Prinzip der Tempel der Bhrigu Shastri zu finden sein. Fragt sich nur, ob diesseits oder jenseits des Pfostens. Der Fahrer wagt sich nicht in das schmale Gäßchen, er will keinen Karosserieschaden riskieren. Also gehen wir das letzte Stück zu Fuß.

Ganz im Gegensatz zu den Sikhs vermittelte Ram Kumar den Eindruck eines überaus stillen und bescheidenen Menschen. So bescheiden, daß ich ihn erst für so etwas wie den Dorftrottel hielt. Er trug einen viel zu großen, mit Pins gespickten Trenchcoat, und eine von Brillantine fettig glänzende Haarsträhne fiel ihm in die hohe Stirn. Weder sah der Mann wie ein Priester aus noch sein Haus wie ein Tempel.

All meine Vorstellungen, alle Berichte Opianskis über die Bhrigu Shastri – alles stellte sich als völlig falsch heraus.

Einen halben Schritt hinter Ram Kumar steht Ramesha, seine Frau. Sie ist nicht besonders klein, sie hat nur sehr kurze Arme und Beine; sie ist auch nicht besonders blaß, sie hat nur den wächsernen Teint eines Schattenwesens. Wir folgen den beiden in ein Zimmer, dessen Fenster mit den halb heruntergelassenen Jalousien auf den Garten hinausgeht. Das Büro... Die Armsessel mit den Kunstfaserbezügen, die flimmernde Neonröhre an der Decke, die schmutziggelb gestrichenen, feucht wirkenden Wände – alles sieht einfach scheußlich aus. Einen Tempel mit gelehrten Mönchen habe ich erwartet, aber doch nicht diese spießbürgerliche gute Stube! Von endlosen Regalen mit geheimnisvollen Papyrusrollen habe ich geträumt, und da stehe ich nun vor einem Schreibtisch, auf dem schön ordentlich Tintenfaß, Federhalter und Notizbücher aufgereiht sind. Daneben ein Telefon. Ein ROTES Telefon!

Meine Stimmung sinkt ins Bodenlose, als ich auf einem Schränkchen, sorgfältig angeordnet wie eine Reliquiensammlung, eine Anzahl Rotary-Medaillen entdecke. Sonst finde ich derartige Überreste aus Kolonialherrenzeiten irgendwie rührend, hier wirken sie einfach grotesk.

Ich fühle mich betrogen, um einen schönen Traum ärmer gemacht. Augenblicklich machen sich die alten Schmerzen in meinen Schultern, im Nacken, im Rücken wieder bemerkbar. Mein Körper reagiert neuralgisch auf die grausame Enttäuschung.

Dabei deutet, abgesehen von diesen Äußerlichkeiten, eigentlich nichts darauf hin, daß das Ganze ein Schwindel ist. Aber weil ich das Gefühl habe, für

nichts und wieder nichts hergekommen zu sein, erkläre ich ohne Umschweife, ich wolle Bhrigus Buch sehen.

Ram Kumar setzt eine noch einfältigere Miene auf und mustert mich von oben bis unten. Keine Antwort auf meine Forderung, weder Ablehnung noch Zustimmung, nur ein unergründlicher Blick. Opianski spürt meinen Frust und schlägt vor, ich solle Ram Kumar die Liste geben, auf der ich die Geburtsdaten und -orte diverser Bekannter notiert habe. Diese Daten sind für Recherchen im Archiv der Bhrigu Shastri erforderlich. Sogleich reicht mir Ramesha ein aufgeschlagenes Notizheft. Offenbar ist sie fürs Geschäftliche zuständig. Die Liste ist lang, ich hatte ja so viele Leute angefragt: Gaëlle, William, Maya, Patrick, André, Suzy – all jene, die mir etwas bedeuten und denen auch ich, je nachdem, mehr oder weniger bedeute. Die ganzen Angaben in Rameshas Heft zu übertragen ist ebenso lästig wie das Ausfüllen eines BOOKING FORM, aber diesmal leiste ich meinen kleinen Beitrag, ohne zu murren. Und da entsteht nach und nach eine wunderliche Weltkarte. Meine Freunde stammen aus aller Herren Länder, und das ist mir bisher nie bewußt gewesen. Einige wurden in Frankreich geboren, andere in Afrika, Sibirien, Italien. Auf meiner Liste verknüpfen sich die Lebens-

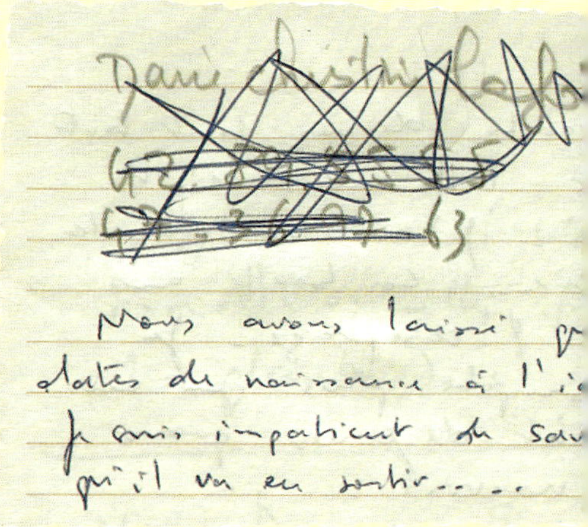

fäden von Menschen, die sonst nichts miteinander verbindet und von denen niemand gedacht hätte, daß sich ihre Wege jemals kreuzen würden. Da sind sie nun, aufgereiht wie Perlen an der Schnur, im Register Ram Kumars.

Mir ist in diesem Moment nicht klar, wozu das eigentlich gut sein soll. Ich komme mir vor wie jemand, der dem Ozean eine Flaschenpost anvertraut.

Ich frage aufs Geratewohl, wo hier der Rotary-Club sei, und Ram Kumar, sehr zuvorkommend, erklärt unserem Fahrer den kürzesten Weg dorthin.

«Wie lange brauchen Sie, um eine Eintragung zu finden?» will Opianski wissen, als wir uns anschicken zu gehen.

Ram Kumar sagt nur: «Kommen Sie in achtundvierzig Stunden wieder.»

Na schön, immerhin etwas. Achtundvierzig Stunden, das ist ein Ziel, daran kann man sich festhalten. Ich fühle mich zwischen Hoffnung und Enttäuschung hin und her gerissen. Aber jetzt weiß ich: Meine Enttäuschung ist nur die traurige Maske meiner Arroganz. Ich dachte, ich hätte gewonnenes Spiel, wenn ich von einem Unbekannten verlangte, er habe gefälligst meinen exotischen Vorstellungen von seiner Welt zu entsprechen. Ich wollte meine Wundertüte, und zwar auf der Stelle und ohne jede Gegenleistung. Das hab ich nun davon.

Von neuem bahnt sich unser Auto einen Weg zwischen Motorrollern, Kühen, Fussgängern, Rikschas hindurch... Zwar gibt es einen Verkehrspolizisten, der den Verkehr im Zentrum von Hoshiarpur regeln soll, doch sein Gestikulieren beeinflußt den Verkehr in keiner Weise. Der Polizist verkörpert lediglich ein Prinzip, die abstrakte Idee einer idealen Ordnung; diese aber entspricht nicht dem natürlichen Rhythmus der Masse. Hier wie in Old Delhi

gehorcht der Verkehr seinen eigenen Gesetzen. Das ist ein Stoffwechsel, keine Menschenmenge. Straßencafés gibt es nicht. Wozu auch? Sie würden ja doch nur zertrampelt, hinweggefegt. Sie hätten angesichts der Art, wie die Inder den Raum nutzen, keinen Bestand. Wozu braucht es Straßencafés, wenn man sich hinsetzen oder hinlegen und schlafen kann, wo und wann es einem beliebt? Was nützen Tische und Stühle am Straßenrand, wenn alles ständig in Bewegung ist, ohne auch nur einen Augenblick innezuhalten?

Unbeweglich sind einzig die Sadhus. Sie sitzen auf einem Mäuerchen, mit nacktem Oberkörper, meditierend. Auch sie brauchen weder Tische noch Stühle, um mit den Göttern zu konspirieren.

Opianski begreift einfach nicht, wie seine Erinnerung die Bhrigu Shastri derart verklären konnte. Man kann ihm daraus keinen Vorwurf machen. Schon im Hause der Singhs habe ich gespürt, daß diese Reise im Zeichen des Widerspruchs steht. Ich versuche klarzukommen, indem ich mir ein Karma auferlege: nicht einer verlorenen Illusion nachtrauern, sondern sie mit anderen Augen betrachten. Eine schwierige, undankbare und obendrein vielleicht vergebliche Übung. Ob ich dazu fähig bin?

Gleichzeitig verspreche ich mir soviel von einem Abstecher zum Rotary-Club, daß Opianski mich deswegen aufzieht. «Du hast in einem früheren Leben wohl zu den Stützen der Gesellschaft gehört», frotzelt er.

Wir landen in einer Fabrik für Möbelfurniere, deren Direktor der Präsident des hiesigen Rotary-Clubs ist. Unsere Ankunft versetzt das Personal in einige Aufregung. Anscheinend hält man uns für potentielle Kunden, von der Gunst des Schicksals aus Frankreich hergesandt. Und ausgerechnet jetzt ist der Chef außer Haus! Man muß ihn so rasch wie möglich auftreiben. Unterdessen serviert uns ein Angestellter Tee, ein zweiter hängt sich ans Telefon, ein dritter durchsucht einen Stapel von Katalogen nach einer für uns geeigneten Lektüre. Ausländer sind eine Seltenheit in dieser Ecke des Punjab, und in Hoshiarpur erst recht. Der Punjabi von Hoshiarpur weiß nicht, wie er sich dem Ausländer gegenüber verhalten soll. Er sieht in ihm ein merkwürdiges Wesen, das er verdutzt von oben bis unten mustert. Er sucht eine Zeitlang nach Worten, dreht sich schließlich um und verschwindet.

Eine Stunde vergeht, bis der Präsident des Rotary-Clubs endlich auftaucht. Natürlich sieht er auf den ersten Blick, daß wir nicht die erhofften Kunden sind, doch er trägt es mit Fassung. Wir sind von weither gekommen, um die

Bhrigu Shastri aufzusuchen, das rechnet er uns als großes Verdienst an. Nie hätte er gedacht, daß dieses Register Weltruf genießt. Und da kommt auch schon die übliche Frage:

«Glauben Sie daran?»

«Ich bin einfach neugierig.»

Er zieht verwundert die Brauen hoch. Ich befürchte schon, daß er uns keine Auskunft geben will oder uns kurzerhand rausschmeißt. Aber er macht gute Miene zum bösen Spiel und erklärt in verbindlichem Ton:

«Ram Kumar ist nicht der einzige Bhrigu Shastri in Hoshiarpur. Seine Tante, Mrs. Sneh, ist ebenfalls Bhrigu Shastri. Eine sehr kompetente Frau, versuchen Sie es doch einmal bei ihr. Außerdem könnten Sie sich noch beim Institut für Sanskrit erkundigen. Dort hätten Sie es mit Wissenschaftlern zu tun und bekämen alte Manuskripte zu sehen. Möglicherweise sogar Fragmente des Buches Bhrigu.»

Hoch erfreut, daß Ram Kumar nicht die Exklusivität an diesem Text besitzt, sehe ich keine besondere Bedeutung in der Tatsache, daß Mrs. Sneh seine Tante ist. Ich habe nur noch einen Wunsch: so rasch wie möglich diese Frau aufzusuchen.

Aber Mrs. Sneh hat an diesem Tag keine Sprechstunde.

Das Institut für Sanskrit ist eine wahre Augenweide. Schon beim Anblick des Gebäudes – U-förmig, mit blau verputzten Mauern und einem Bogengang rund um den Innenhof – wird einem andächtig zumute. Ja, das ist ein Weisheitstempel, wie ich ihn mir vorgestellt hatte, eine Stätte der Besinnung, ein ideales Refugium für Seher. In dieser schönen Jahreszeit sind die

Sanskritforscher aus ihren düsteren Bibliotheken hervorgekrochen, um die Mittagssonne zu genießen. Manche haben ihre uralte Underwood auf einem wackeligen Tischchen installiert, andere sitzen auf Bänken und meditieren. Wenn sie sich bewegen, vernimmt man nur ein leises Rascheln, wenn sie miteinander sprechen, dann nur im Flüsterton.

Wir setzen uns unter einen Baum und verzehren die Bananen und Apfelsinen, die wir auf dem Weg hierher gekauft haben. Unsere Anwesenheit wird mit einem flüchtigen Lächeln registriert, aber niemand will von uns wissen, was wir hier suchen. Nur ein aufdringlicher Rabe macht sich an uns heran und beäugt gierig die Reste unserer Mahlzeit.

Oh, man bietet uns Tee an! Wie nett, vielen Dank. Wer hat ihn spendiert? Keine Ahnung. Schließlich steuert ein distinguierter Herr gemessenen Schrittes, jedoch zielstrebig auf uns zu: Professor Menjka. Schlecht geschnittener Zweireiher, aber Krawatte und Kavalierstuch assortiert. Er stimmt ein Loblied auf Frankreich an, hat es ihm doch einen ansehnlichen Beitrag zwecks Restaurierung kostbarer Manuskripte zukommen lassen. Außerdem kennt er Menton, Cannes, Nizza, Paris, und alle von Frankreich erfahrenen Wohltaten, alle in Frankreich erlebten ästhetischen Genüsse schreibt er mir ganz persönlich zu. Er behandelt mich geradezu ehrfürchtig.

Aber ach! Sowie mir die Worte «Bhrigu Shastri» über die Lippen kommen, weicht der große Gelehrte erschrocken zurück. Zwar faßt er sich gleich wieder, doch ich spüre, daß er mich fortan des Umgangs mit ihm für unwürdig betrachtet.

«Das Papier, auf dem dieser Text geschrieben wurde», doziert

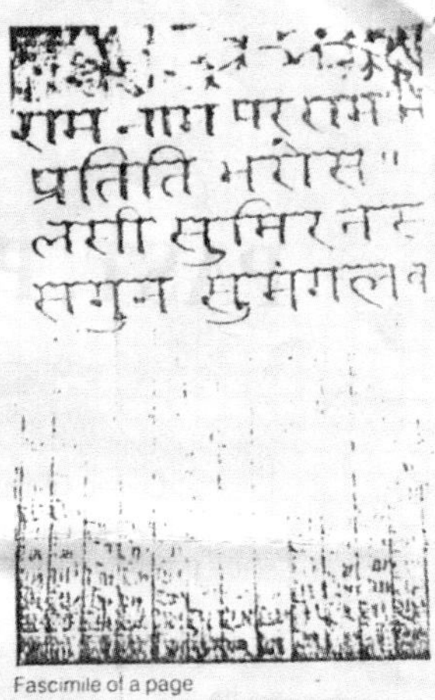

Fascimile of a page from the Bhrigu Samhita

that particular river. The place of birth is aligned with the river title heads of the various sections and the search is then concentrated in the matching section. For example: a person born

usage had died. But fortunately a written copy was always maintained and recopied on new paper by the book's custodians, whenever the old paper threatened to disintegrate. The copy found by Pundit Deshraj has been proved, by the carbon dating process, to

er, «ist ein ganz anderes als das der Sanskritmanuskripte, die in der fraglichen Epoche entstanden. Es wurde maschinell hergestellt und einem künstlichen Alterungsprozeß unterzogen.»

Als Beweis für seine Behauptung führt er mich in die Bibliothek und zeigt mir ein Palmblattmanuskript aus dem 10. Jahrhundert, ein wahres Wunderwerk. Mit größter Behutsamkeit blättere ich die Seiten um – nirgendwo sonst würde man einem Niemand wie mir eine solche Kostbarkeit in die Hand geben. Ist das nun eine besondere Ehre? Oder nur eine besondere Spielart indischer Nachlässigkeit?

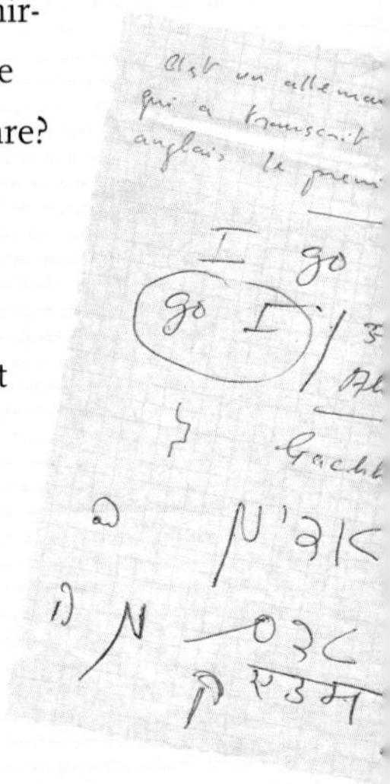

Ich bemerke, daß die Tinte erstaunlich frisch wirkt, wenn man bedenkt, daß dieser Text vor gut einem Jahrtausend geschrieben worden ist. Professor Menjka weist mein Argument achselzuckend zurück: «Offenbar ist Ihnen nicht bekannt, welch hervorragende Techniken der Restaurierung alter Handschriften es heutzutage gibt», bemerkt er sehr von oben herab. Worauf er, nervös sein Kavalierstuch zurechtzupfend, ohne Abschiedsgruß entschwindet.

Gleich nach unserer Rückkehr nach Jalandhar führe ich mein Reisetagebuch nach. Da durchzuckt mich plötzlich ein ketzerischer Gedanke bezüglich des Palmblattmanuskripts. Ich will ja nicht behaupten, daß es sich um eine Fälschung handelt, das könnte nur ein Fachmann entscheiden. Ich frage mich nur, weshalb Professor Menjka auf meine Bemerkung so ungehalten reagierte. Warum, nach all den höflichen Komplimenten, diese Schroffheit, diese beleidigte Miene? Erst jetzt wird mir bewußt, wie verschieden Ram Kumar und der Professor sich mir gegenüber verhielten. Der Mann, den ich als «Dorftrottel» bezeichnete, ließ sich trotz meiner Arroganz nicht aus der Ruhe bringen, während es dem anderen, der sich anfangs so zuvorkommend gab, anscheinend nur darum ging, mir mit seiner Gelehrsamkeit zu imponieren. Der «Dorftrottel» ist angesichts des Fremden sich selbst treu geblieben, der Gelehrte hat es nicht fertiggebracht, seine Eitelkeit zu bezwingen.

Nachdem ich meine Hausaufgaben erledigt habe, gehen wir zum Abendessen in den Speisesaal des Kamal Palace, ein grosser, spärlich beleuchteter Raum mit einem Panoramafenster auf der Gartenseite. Die Speisekarte sieht vielversprechend aus, nur kann man sie im Halbdunkel kaum entziffern. Ich bitte um etwas mehr Licht, aber das Personal scheint für meinen Wunsch kein Verständnis zu haben. Opianski muß erst seine Brille holen, um sich sein Menü zusammenzustellen. Schließlich teilt uns der Oberkellner mit, es sei hier drin so dunkel, damit man die Wasserspiele draußen im Garten besser sehen könne. Leider fängt die Vorstellung erst um acht Uhr an, und jetzt ist es sieben. Also müssen wir im Dunkeln essen. Oder doch beinahe.

«Deine Bemerkung wegen des Manuskripts war natürlich begründet», meint Opianski. «Aber du hättest sie anders formulieren sollen.»

«Wie denn?»

«Bei dir kann nichts schnell genug gehen. Aber wir sind hier im Orient. Hier mußt du mehr um den heißen Brei herumreden, du darfst nicht gleich die Geduld verlieren.»

Bis zu unserem nächsten Besuch in Hoshiarpur hatten wir vierundzwanzig Stunden totzuschlagen, und sogar nach Meinung des Hotelbesitzers gab es in Jalandhar nichts zu sehen. Das Klügste wäre gewesen, nach Amritsar zu fahren, mit dem Zug eine knappe Stunde, um den Goldenen Tempel zu besichtigen. Aber dazu hatte ich keine Lust, ich wollte lieber auf den Markt. Nur nichts Erhabenes. Alltag, ganz gewöhnlicher Alltag! Ein echt indisches Getümmel hatte ich jetzt nötig, keine Sehenswürdigkeiten wie den Goldenen Tempel, keine Verzückung; ich wollte in die Menschenmasse eintauchen, mit ihr verschmelzen, mich von ihr davontragen lassen...

Ich hatte angenommen, das sei eine Art Kampfkunst, wenn nicht gar eine Nahkampftechnik. Die Sache kam ziemlich kläglich heraus – ich war eben noch ein Anfänger. Mit wie vielen Punjabis bin ich doch zusammengeprallt! Und sie haben es mir mit Zins und Zinseszins zurückgegeben. Und welch eine Strapaze für Ausländerfüße, so ein Spaziergang durch Jalandhar!

Nach einer Weile mußt du einsehen, daß es besser ist, den Rückzug anzutreten – in eine Schneiderwerkstatt zum Beispiel. Da kannst du dich ausruhen. Du gehst am Verkäufer, der hinter dem Ladentisch steht, vorbei direkt zum Schneidermeister, der am Ende des Raumes, vor den Regalen mit den Stoffballen, auf einer Matte thront. Begrüße ihn mit gefalteten Händen, zieh deine Schuhe aus und nimm ihm gegenüber auf dem Fußboden Platz.

Massiere dir diskret die schmerzenden Zehen, während du dir ein Stück Rohseide zeigen läßt, und gib ihm zehn Kleider für deine Herzallerliebste in Auftrag. Aber vergiß ja nicht, ihm ein Schnittmuster mitzubringen. Denn ein indischer Schneider besitzt weder Erfindergeist noch ein Gespür für Maßarbeit. Er kennt nur die Kopie, aber er ist ein Virtuose der Kopie. Wozu etwas Neues erfinden? Haben nicht die Götter Sari und Lunghi geschaffen? Und da sollten zwei Menschenhände etwas Besseres zustande bringen?

Beim Inder ist das Kopieren ein Glaubensakt, zumindest ein Akt der Frömmigkeit, immer jedoch ein Akt der Demut. Der Inder bewundert zwar unseren westlichen Erfindergeist, er selbst aber will nichts erfinden, und sei's auch nur ein Gurkenhobel. Er würde auch keinen kaufen, mal angenommen, er hätte einen nötig. Hingegen ist er bereit, angemessene Lizenzgebühren zu zahlen, um ihn nachzumachen – mehr oder weniger gut, stets jedoch um eine getreue Reproduktion des Originals bemüht.

Treue, das ist es. Der Inder ist treu, in jeder Bedeutung des Wortes. Den Göttern treu, dem Original treu. Er kopiert mit derselben Inbrunst, mit der er seine Gebete verrichtet. Er ist kein Fälscher und kein Plagiator. Er ist ein Kopist.

Das war die These, die ich mir zurechtgelegt hatte.

Also, mein Schneider. Da er ein Mann von Prinzipien war – Feilschen lag bei ihm nicht drin –, wurden wir uns über den Preis der Kleider rasch einig. Da er zudem ein Bild Bhrigus an der Wand hängen hatte, begann ich ihn über die Seher von Hoshiarpur auszufragen. Seiner Meinung nach war Ram Kumar der Zuverlässigste von allen. Er selbst hatte ihn zwar nicht konsultiert, wohl aber sein Cousin, sein Nachbar, seine Tante... Wie nicht anders zu erwarten, waren all diese Leute unerreichbar. Der Nachbar war gestorben (übrigens genau an dem Tag, der ihm prophezeit worden war), der Cousin und die Tante lebten jetzt in Südindien. Wieder Beweise aus zweiter Hand, wieder Zeugnisse vom Hörensagen...

Andererseits kannte der Schneider die Bhrigu-Legende in- und auswendig und war offenbar nicht abgeneigt, sie mir zu erzählen. Vorher jedoch verlangte er die übliche Garantie:

«Glauben Sie daran?» fragte er, schon im voraus die Stirn runzelnd.

«Ich bin einfach neugierig», erwiderte ich zum x-ten Mal.

Darauf schien er sich in sich selbst zurückzuziehen wie in ein zu enges Gehäuse. Versuchte er, meinen Unglauben aus seinen Gedanken zu vertreiben, ohne mich zugleich aus seinem Laden zu vertreiben? Oder konzentrierte er sich, um desto besser erzählen zu können? Wie auch immer, es entstand eine Pause, die mir entsetzlich lang vorkam, ehe der Schneider schließlich einen tiefen Seufzer ausstieß.

«Woher kommen Sie eigentlich?» wollte er wissen.

«Aus Frankreich.»

«Von so weit her sind Sie gekommen und glauben nicht mal daran?» meinte er und rieb sich verwundert die Augen.

«Ja, von so weit her bin ich gekommen», sagte ich ausweichend.

«Dann glauben Sie eben doch daran», stellte er fest.

Und jetzt entwarf er ein Porträt Bhrigus, in dieser kuriosen, mit lokalen Eigenheiten durchsetzten Sprache, die der Punjabi für reinstes British English hält. So daß man, um etwas zu verstehen, die Ohren spitzen und jeden Satz sozusagen im Echtzeit-Verfahren dekodieren muß. Denn im Munde des Punjabi verwandelt sich ein englischer Satz in ein Labyrinth aus Neologismen. Man versucht mitzuhalten, so gut es geht, und verliert dabei hin und wieder den Faden. Aber ich gab mir alle Mühe.

Der Bhrigu, den mir der Schneider schilderte, schien eher ein Kind als ein Gott zu sein. Dieser Bhrigu streifte meistens durch die Wälder, um sich aus Zweigen Bogen und Pfeile zu schnitzen. Er war träge, aber hilfsbereit, stets zu Schabernack aufgelegt, aber niemals grausam, und er besaß die Gabe, Vögel zum Sprechen zu bringen. Eines Tages betraute ihn Brahma mit einer ziemlich sonderbaren Aufgabe, die großen Scharfblick erforderte: Er sollte herausfinden, wer unter den Göttern der friedfertigste sei.

«Brahma hatte Bhrigu diese Aufgabe gestellt, weil sein Sohn die Götter häufig mit seinen Streichen ärgerte und ihm Klagen zu Ohren gekommen waren», erzählte der Schneider. «Und Bhrigu – so war er nun mal – hat die einen heimlich gezwickt, und auf die anderen hat er Papierkügelchen abgeschossen. Alle wurden fuchsteufelswild, manche bewarfen ihn mit Steinen. Nur Vishnu nicht. Dabei war ihm Bhrigu sogar auf die Brust getreten! Aber anstatt zornig zu werden, fragte Vishnu besorgt, ob er sich auch nicht weh getan hätte, als er über ihn stolperte. Und deshalb bezeichnete Bhrigu den Vishnu als den friedfertigsten aller Götter...»

Er hielt einen Moment inne, um einen Schluck Tee zu trinken. Dann zwinkerte er mir zu und fuhr fort zu erzählen: «Aber jetzt wird's erst richtig spannend: Die Gattin Vishnus wurde nämlich sehr böse, als sie sah, wie Bhrigu auf Vishnus Brust herumtrampelte. Und da bedachte sie ihn mit einem Fluch – einem schrecklichen Fluch, wenn man bedenkt, daß sein Vergehen eigentlich gar nicht so schlimm war. ‹Du und alle deine Nachkommen›, rief sie, ‹ihr sollt in bitterer Armut leben!› Bhrigu wußte, welche Macht Vishnus Frau besaß, man nannte sie ja nicht umsonst die Tochter des Schicksals, und er fürchtete sie. Jahrelang überlegte er hin und her, wie dieser schreckliche Fluch abzuwenden wäre, und als sein erstgeborener Sohn, Shukra, das

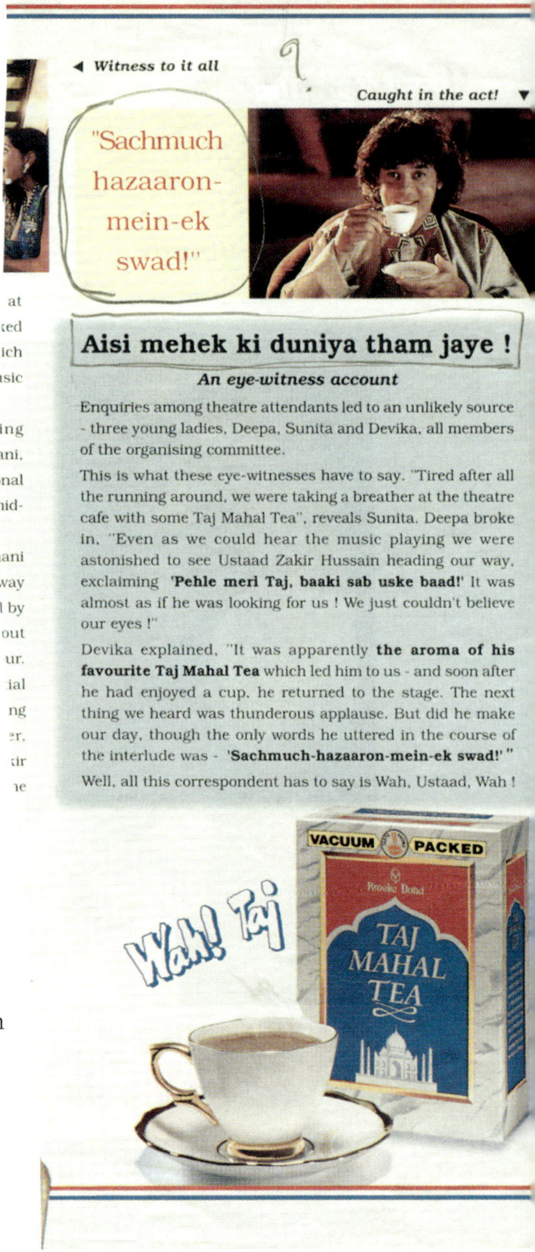

Mannesalter erreicht hatte, diktierte er ihm sein berühmtes Buch. Es war, als könne sein Blick durch die Jahrhunderte dringen, bis ans Ende der Zeit. Er konnte voraussehen und weissagen. Nach und nach entstand ein Register, in dem alle Menschen verzeichnet waren. Milliarden von Menschen, ganz gleich, ob sie bereits lebten oder erst eines Tages geboren oder wiedergeboren werden sollten. Kein einziger fehlte, und jeder war mit seinen Initialen, denen seiner Eltern sowie dem Ort, dem Tag und der Stunde seiner Geburt verzeichnet. Auf diese Weise hat Bhrigu seinen Nachkommen einen kostbaren Schatz hinterlassen und den Fluch, den Vishnus Gattin auf ihn geworfen hatte, in einen Segen verwandelt.»

Der Schneider, wie in Ekstase, sah mich eine Zeitlang an, ohne sich von den schwatzenden Kundinnen stören zu lassen. Dann kam er wieder auf den Kern der Sache zu sprechen: Glaubte ich oder glaubte ich nicht, jetzt, nachdem er mich aufgeklärt hatte?

Ich weiß nicht mehr, was ich ihm zur Antwort gab – wahrscheinlich murmelte ich irgend etwas Unverbindliches. Aber da wir vereinbart hatten, daß ich in zwei Tagen wiederkommen und den ersten Teil meiner Bestellung abholen würde, blieb mir noch Zeit, um mir etwas Besseres einfallen zu lassen.

In Tat und Wahrheit war ich ziemlich durcheinander. Die paradiesische Kindheit Bhrigus rührte auf eine sonderbare Weise an eine persönliche Erinnerung, an weit zurückliegende, fast vergessene Erlebnisse. Das ist ja das Charakteristische solcher Geschichten: Sie bringen etwas in uns zum Erklingen, als wären es Episoden aus unserer eigenen Lebensgeschichte. Sie wirken tröstlich und wühlen uns zugleich auf, denn sie machen uns bewußt, daß alles bereits erzählt worden ist, daß wir nichts sind als kümmerliche Reproduktionen der Menschheitsgeschichte. Kopisten, gewissermaßen.

Auch ich habe, wie der spitzbübische Bhrigu, meine Kindheit in einer Art Paradies verbracht, im Tunesien der fünfziger Jahre; wie Bhrigu habe auch ich zu schreiben begonnen, um aus der Armut herauszukommen, in die meine Familie nach der Vertreibung aus dem Paradies geraten war. Dabei ist die Schriftstellerei wahrhaftig nicht das probateste Mittel zur Einkommenssicherung. Niemand lebt riskanter als einer, der sich sein tägliches Brot mit Schreiben verdient. Es gibt Tage mit – und Jahre ohne. Es sei denn, man glaubt daran...

Glauben: das Schlüsselwort hier in Indien. Glauben und kopieren, sagte ich mir, als ich die Werkstatt des Schneiders verließ. Ich konnte mir kein trostloseres Programm vorstellen.

LET US TAKE HIGHER
Phone : 13863
EDEN HASHISH CENTRE
Oldest & Favourite Shop in Town Serving you the Best Nepalese Hash & Ganja
(Available Wholesale & Retail)
COME VISIT US ANY TIME FOR ALL YOUR HASHISH NEEDS
EDEN HASHISH CENTRE
OLD 5/1, Bashantpur,
NEW 5/259, Ombahal,
KATHMANDU
Prop. D. D. SHARMA
NEPAL

Mrs. Opianski war den ganzen Tag ziemlich wortkarg gewesen; er hatte sich vor allem um unsere Finanzen und das Mittagessen gekümmert: Bananen, Apfelsinen und Tee mit Milch. Das war – da nahezu risikofrei – unser Standard-Mittagsmenü während unseres ganzen Indienaufenthalts. Nach dem Essen machte mein Freund eine lange Siesta. Als er erwachte, verkündete er, zwischen Ram Kumar und Mrs. Sneh herrsche sicherlich eine alte Familienfehde.

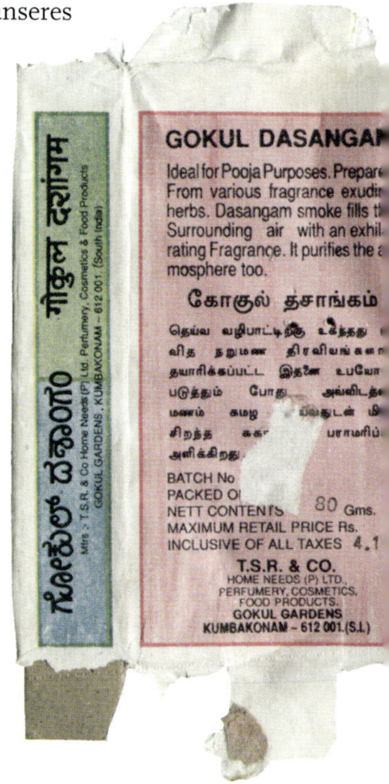

Was mochte der Grund dafür sein? Über den Text selbst wußten wir nach wie vor nichts Genaueres, außer daß er seinen Ursprung einer Legende verdankte; wir wußten nicht, auf welche Weise er in die Hände einer bestimmten Familie gelangt war. Ebensowenig wußten wir, in welcher Sprache und Form er aufgezeichnet worden war und wie die Bhrigu Shastri ihn entschlüsselten.

Auch bei unserem zweiten Besuch in Hoshiarpur gelang es mir nicht, etwas über diese hypothetische Familienfehde zu erfahren; Mrs. Sneh war nämlich wieder nicht zu Hause. Sie sei zu einer Hochzeit nach Jalandhar gefahren, bestimmt seien wir ihr unterwegs begegnet. Diese Auskunft gab uns, an der Haustür, die Tochter von Mrs. Sneh, und da sie ein nur spärlich mit Punjabi-Ausdrücken durchsetztes Englisch sprach, schlug ich ihr vor, mich als Dolmetscherin zu Ram Kumar zu begleiten. Sie lehnte kategorisch ab mit der Begründung, ihr Verwandter spreche ausgezeichnet Englisch. Sie schien fast erschrocken über meine Idee; jedenfalls hatte ich den Eindruck, Opianski liege mit seiner Hypothese nicht falsch. Ich hätte schwören können, daß Mrs. Sneh zu Hause war, uns jedoch nicht empfangen wollte.

Als wir gingen, wurde mir klar, daß die Häuser Ram Kumars und seiner Tante an dasselbe unbebaute Grundstück grenzten. Bei unserem Besuch vor zwei Tagen waren wir von der Straßenseite gekommen, deshalb war es mir nicht aufgefallen, doch jetzt sah ich, daß die Rückseiten der beiden Häuser sich praktisch vis-à-vis befanden, nur etwas gegeneinander versetzt. Man konnte also nicht von einem zum anderen gehen, ohne gesehen zu werden.

Das Haus Mrs. Snehs wirkte ein wenig geräumiger und stattlicher als das von Ram Kumar. Aber nur ein wenig. Das unbebaute Grundstück markierte offenbar die Grenze zwischen den Begüterten und den weniger Begüterten Hoshiarpurs, doch der Unterschied konnte nicht sehr groß sein. Allerdings war mir ein Unterschied ästhetischer Natur aufgefallen: die mit einem Ornament aus Swastiken versehene Haustür bei Mrs. Sneh und die einfache, gänzlich schmucklose Haustür bei Ram Kumar.

Ich begann diese Mrs. Sneh irgendwie unsympathisch zu finden und ihre angeblichen Abwesenheiten ein bißchen suspekt.

Ramesha begrüsste uns nicht gerade überschwenglich. Meine Liste habe nichts ergeben, teilte sie uns sogleich mit, in Bhrigus Weissagung habe man keine Hinweise auf meine Bekannten gefunden. Im übrigen halte ihr Mann gerade seinen Mittagsschlaf und werde erst gegen fünf Uhr nachmittags aufstehen.

Ich hatte mir zwar schon gedacht, daß es auf dem Weg zu Bhrigus Weissagung allerlei Hindernisse und Prüfungen, vielleicht sogar Demütigungen geben würde, aber die schroffe Art Rameshas verschlug mir trotzdem die Sprache. Also zog ich ein Foto meines kleinen Sohnes hervor und streckte es ihr hin. Dem konnte ihr Mutterherz nicht widerstehen. «So lovely», sagte sie und bat uns in den Garten.

Das Wetter war mild, aber in dieser Jahreszeit zieht die indische Sonne rasch ihre Bahn, und die Schatten wurden zusehends länger. Wir hatten uns eine sonnige Ecke ausgesucht, mußten aber schon bald unsere Stühle verrücken. Mitten am Tag machte sich bereits die abendliche Kühle bemerkbar.

Als Ram Kumar etwa eine halbe Stunde später zu uns herauskam, erkannte ich ihn nicht sofort wieder. Ohne seinen viel zu großen Trenchcoat sah er gar nicht mehr wie ein Dorftrottel aus. Er hatte das Haar zurückgekämmt, und die hohe, gerade Stirn verlieh seinem verwitterten Gesicht etwas Sanftmütiges, das eher an einen Indianer als an einen Inder denken ließ. Er mußte um die Vierzig sein. Heute trug er einen tadellos sitzenden buntgemusterten Pullover. Er zog einen Stuhl heran und kam gleich zur Sache, unbekümmert dar-

um, daß er damit seiner Frau widersprach. Jedenfalls lautete seine Version anders als ihre.

«Wir haben nur zwei der acht Recherchen, um die Sie gebeten haben, ausgeführt», sagte er. Was auch nicht ganz stimmen konnte, denn gleich darauf ließ er sich von Ramesha Papier und Bleistift bringen und notierte sich Opianskis und meine Daten. Diese waren in meiner Aufstellung nicht enthalten gewesen. Weder ich noch Opianski wollten unsere Zukunft wissen; Opianski, weil er nicht an diese Dinge glaubte, und ich, weil ich mir einbildete, jung sterben zu müssen, und das nicht auch noch bestätigt haben wollte.

Wie hatte Ram Kumar herausbekommen, daß wir beide gar nicht auf der Liste standen? Jedenfalls mußte er begriffen haben, daß ich nicht mit offenen Karten spielte. Wahrscheinlich hatte ihn das gekränkt.

Deshalb also hatte er sich mir gegenüber so unwillig und desinteressiert gezeigt.

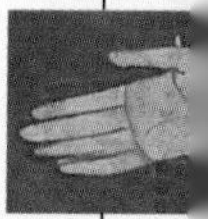

Merkwürdigerweise war Ram Kumar der einzige Inder, der nicht von mir wissen wollte, ob ich an die Weissagung Bhrigus glaubte. Indem er ohne Umschweife nach meinen astrologischen Koordinaten fragte, ersparte er mir die Mühe, ihm von meinen Bedenken, meiner Neugier, meiner wohlwollenden Skepsis zu erzählen. Er ging direkt aufs Ziel los, und so mußte ich gestehen, daß ich am 3. September 1951 um zwölf Uhr mittags in Tunesien zur Welt gekommen war.

Das Wort «gestehen» ist keine Übertreibung. Dabei werden wir im Lauf unseres Lebens doch unzählige Male nach diesen Daten gefragt und geben

mehr oder weniger bereitwillig Auskunft, aber nie mit dem Gefühl, etwas zu «gestehen». Bei Ram Kumar hatte ich den Eindruck, er habe mir meine Geburtsurkunde gestohlen. Wie ein Trickdieb hatte er sie mir im Handumdrehen aus der Tasche gezaubert. Zugleich hoffte ich, der Seher werde meine «Personalakte» – meine PATRA – niemals finden. Ram Kumar hatte mir durch die Blume einen Widerspruch aufgezeigt: Ich war eigens nach Indien gekommen, um einen Seher aufzusuchen, und wünschte mir zugleich, daß dieser ja nichts sehen möge.

Ram Kumar notierte also unsere Daten und reichte den Zettel seiner Frau, damit sie mit den Recherchen beginnen konnte.

«Wie gehen Sie eigentlich vor, um so eine PATRA zu finden?» wollte ich wissen.

«Zuerst muß man das betreffende Horoskop erstellen», begann er, nachdem er eine Weile überlegt hatte.

Er sprach sehr langsam und machte nach jedem Satz eine lange Pause. Sicherlich hatte er gemerkt, daß ich Mühe hatte, seinem Punjabi-Englisch zu folgen, und wollte mir auf diese Weise das Verständnis erleichtern. «Die Konstellation der Gestirne zum Zeitpunkt Ihrer Geburt, das ist Ihre Himmelskarte...» Wieder folgte eine Pause. «Wenn wir die haben», fuhr er fort, «suchen wir im Index nach der Himmelskarte, die der Ihrigen entspricht.»

«Was ist das für ein Index?»

Er steckte sich eine BIDI an – eine indische Zigarette –, inhalierte tief und blies eine Rauchwolke aus dem Mundwinkel. Er ließ sich sehr viel Zeit mit seinen Antworten auf meine ungeduldigen Fragen.

Aber das war nun einmal seine Art zu reden, und es war auch eine Art, mich zu mehr Besonnenheit und Gelassenheit anzuhalten. Ich platzte ja fast vor Neugier!

«Das mit dem Index ist eine lange Geschichte», sagte er schließlich. «Das erzähle ich Ihnen später. Nun gut: Bhrigu hat für jeden einzelnen Menschen ein Horoskop erstellt, das in seiner PATRA verzeichnet ist, in der oberen linken Ecke... Können Sie mir folgen?»

«Nicht so ganz...»

«Warten Sie einen Moment, ich will es Ihnen zeigen.»

Er ging in sein Büro und kam gleich darauf mit einem seltsamen Bündel aus pistaziengrüner Seide zurück. Behutsam löste er die Knoten, und da kam nun zum Vorschein, was er mir zwei Tage zuvor nicht hatte zeigen wollen: das «Buch» des Bhrigu. Es bestand aus lauter PATRAS, vergilbten Papierfetzen, die einzeln in Plastikhüllen steckten; etwa hundert Stück mußten es sein. Sie sahen alle gleich aus, alle waren beidseitig eng mit Schriftzeichen bedeckt, von oben bis unten und ohne freien Rand – aus Sparsamkeit vielleicht –, und alle waren für einen Uneingeweihten wie mich gleich rätselhaft.

Ich zog einen der Zettel aus seiner Plastikhülle und drehte ihn lange hin und her. Da hatte ich ihn nun vor Augen, hielt ihn in Händen, diesen geheimnisvollen, zu Staub zerfallenden Schatz!

«Sehen Sie, das hier in der oberen linken Ecke der PATRA ist die Himmelskarte», sagte Ram Kumar. «Sie entspricht der Himmelskarte des betreffenden Menschen, so wie Bhrigu sie aufgezeichnet hat. Als erstes muß ich also aufgrund von Ort, Tag und Uhrzeit der Geburt Ihre persönliche Himmelskarte erstellen. Verstehen Sie jetzt?»

«Ich nehme an, Sie finden meine PATRA – falls sie überhaupt vorhanden ist – aufgrund der exakten Übereinstimmung zwischen der von Ihnen und der von Bhrigu erstellten Himmelskarte?»

«Richtig.»

«Aber wenn es in diesem Register Millionen oder sogar Milliarden von PATRAS gibt, muß das ja eine wahre Herkulesarbeit sein!»

Ohne den Blick von mir zu wenden, warf er seine BIDI auf den kiesbedeckten Pfad. «Nun ja, es braucht ziemlich viel Zeit», gab er zu. «Einen oder zwei Monate kann das schon dauern. Aber der Index, den ich vorhin erwähnte, erleichtert die Suche. Sämtliche von Bhrigu aufgezeichneten Konstellationen sind in diesen Index übertragen worden.»

«Von wem?» wollte Opianski wissen.

«Das ist wieder eine andere Geschichte... Ich sagte doch, daß ich sie Ihnen erzählen werde, aber erst später. Zuerst möchte ich Ihnen die Methode erklären.»

«Na schön...»

«Schauen Sie sich die Konstellation auf dieser PATRA genau an. In der Mitte steht eine Zahl, sehen Sie? Diese Zahl wurde ebenfalls in den Index übertragen. Sobald wir die Konstellation gefunden haben, die der Ihrigen entspricht, können wir dank dieser Zahl direkt zu Ihrer PATRA gelangen, ohne daß wir den ganzen Bestand zu manipulieren brauchen. Wie Sie sehen, ist das Material ziemlich empfindlich.»

Er griff nach dem Zettel, den ich immer noch in der Hand hielt, und steckte ihn in die Plastikhülle. Dann legte er ihn wieder zu den anderen und verknotete das Seidentuch.

Ich war mir nicht sicher, wirklich begriffen zu haben, wie die Geschichte funktionierte. Aber da Ram Kumar sich heute so gesprächig gezeigt hatte, wollte ich ihn nicht durch weitere Fragen womöglich wieder verärgern. Es war klüger zu warten, bis er preisgab, was er von sich aus preisgeben wollte. Ich schätzte mich schon glücklich, daß ich ein Fragment der Weissagung hatte sehen und berühren dürfen.

Doch sobald das Bündel aus pistaziengrüner Seide zugeknotet war, schien es mir wieder voller Rätsel. Was hatte ich denn eigentlich gesehen? Was genau hatte ich in den Händen gehalten? Für wen waren die Weissagungen in diesem Bündel bestimmt? Was stand auf diesen Zetteln geschrieben?

«Das sind verbrauchte PATRAS», bemerkte Ram Kumar.

«Was heißt das?»

«Ich habe sie den Betreffenden bereits vorgelesen.»

«Also werden sie nie mehr gebraucht?»

«Nein, sie werden nie mehr gebraucht», sagte er und stand auf.

DAMIT WAR UNSER GESPRÄCH BEENDET, OBWOHL ICH RAM KUMAR GERNE NOCH EINE MENGE FRAGEN ZUM THEMA DER «VERBRAUCHTEN» PATRAS GESTELLT HÄTTE. Warum hatte er mir nur die Überreste der Weissagung gezeigt und nicht die Weissagung selbst? Und warum bewahrte er diese Überreste, die gar nicht mehr gebraucht wurden, so sorgfältig auf? Lediglich der Vollständigkeit halber? Oder als Muster für Interessenten? Gleichsam als greifbaren Beweis dafür, daß er, Ram Kumar, tatsächlich der Besitzer des Schatzes war? Oder hatte dieser Teil der Weissagung, der bereits benützte Teil, für ihn eine besondere Bedeutung?

Ich versuchte mir zwei separate Stapel von PATRAS vorzustellen: einen noch ungebrauchten und einen bereits verbrauchten, einen virtuellen und einen überholten. Aber diese Gehirngymnastik wurde mir bald zur Qual, weil ich nicht entscheiden konnte, welcher der beiden Stapel der höhere war. Wie hätte ich das auch entscheiden können? Ich besaß ja keinen Anhaltspunkt, um das zu beurteilen. Es war idiotisch und obendrein müßig... Trotzdem, es gab da eine hübsche Allegorie. Angenommen, im Buch Bhrigu waren tatsächlich alle Menschen registriert, vom allerersten bis zum allerletzten – dann konnte man in der Höhe der beiden Stapel eine materielle Repräsentation der Zeit sehen: einerseits der Zeit, die seit dem Beginn der Zeiten schon vergangen war (verbrauchte PATRAS), andererseits der Zeit, die bis zum Ende der Zeiten noch vergehen würde (noch ungebrauchte PATRAS).

Ich hatte mir auch gemerkt, daß eine Recherche bis zu zwei Monate dauern konnte. War das nicht eine Garantie für seriöse Arbeit? Aber wer erledigte diese Arbeit? Sicherlich nicht Ram Kumar selbst, und auch nicht Ramesha, die offensichtlich nur für Haushalt und Administration zuständig war. Mein Seher verfügte bestimmt über irgendwelche Mitarbeiter. Ich malte mir ein Heer von Schreibern aus, alle kurzsichtig wie die Maulwürfe über den Index gebeugt, irgendwo an einem geheimen Ort, und ich hätte mir mit Freuden die Füße wundgelaufen, um diesen Ort zu finden... Aber es eilte ja nicht. Für heute durfte ich mit dem, was ich erfahren hatte, wirklich zufrieden sein.

GEGEN ABEND FUHREN WIR NACH JALANDHAR ZURÜCK, UND ZWAR MIT DEMSELBEN TAXI WIE BEREITS ZUVOR. Auch der Fahrer war derselbe, ein kleiner, schnurrbärtiger und für einen Punjabi ziemlich

vorsichtiger Mann. Zwar überholte er gelegentlich in unübersichtlichen Kurven, aber das ging hierzulande eben nicht anders, wenn man nicht den ganzen Verkehr aufhalten wollte.

Opianski umklammerte die Rückenlehne des Fahrersitzes und sagte kein Wort. Der Schreck hatte ihm wohl die Sprache verschlagen. Er fand sie erst bei unserer Ankunft im Hotel wieder: «Ich hätte ebenfalls eine Versicherung abschließen sollen wie du», bemerkte er kleinlaut. Allmählich bekam er wieder etwas Farbe, und nach einer heißen Dusche hatte er sogar eine brillante Idee:

«Vielleicht wär's besser, wenn wir künftig mit dem Zug fahren.»

«Zwischen Jalandhar und Hoshiarpur verkehren doch keine Züge», wandte ich ein.

«Hat man uns gesagt, ja. Aber ich meine, ich hätte ein Gleis gesehen, parallel zur Straße.»

«Tatsächlich?»

«Doch, da war bestimmt ein Gleis. Wir werden uns erkundigen.»

Kurz nach sieben gingen wir zum Essen hinunter. Der Speisesaal des Kamal Palace lag auch diesmal im Halbdunkel, und der Oberkellner begrüßte uns mit einem bedauernden Lächeln. Seine heißgeliebten Wasserspiele funktionierten mittels einer elektronischen Steuerung und wurden Punkt acht Uhr eingeschaltet, keine Sekunde früher. Ob wir nicht lieber etwas später essen möchten, um uns den Genuß nicht entgehen zu lassen? Als ob wir wegen irgendeines beleuchteten Springbrunnens hergekommen wären! Mir war ganz flau vor Hunger, ich hätte mein Abendbrot sogar in pechschwarzer Finsternis verzehrt.

«Wie Sie wünschen», seufzte er tieftraurig.

Er setzt uns an einen Tisch, wo wir das Panoramafenster genau vor der Nase haben, rennt davon und kommt mit einem Kerzenleuchter zurück. Opianski bestellt Lammcurry und Tee, ich chicken tandoori und eine Flasche Mineralwasser. Das Mineralwasser verursacht einen kleinen Zwischenfall, denn der Kellner bringt mir eine bereits geöffnete und nicht mehr ganz volle Flasche. Ich gebe sie zurück und bitte um eine andere, verschlossene und versiegelte Flasche.

Wenige Augenblicke später stellt er die gleiche Flasche vor mich hin. Diesmal ist sie randvoll, aber genausowenig verschlossen wie vorhin. Klar: Er hat sie ganz einfach mit Leitungswasser aufgefüllt. Aber ohne böse Absicht. Die Inder wissen sehr wohl, daß unser Gedärm auf ihr Leitungswasser in der Regel allergisch reagiert. Sie haben sogar begonnen, eigenes Mineralwasser herzustellen und in hübsche Flaschen abzufüllen, die als bacteries safe deklariert werden. Sie sind guten Willens, keine Frage, weshalb sollten sie auch ausländische Touristen vergiften. Aber sie glauben nun einmal nicht an die Wirksamkeit von Bakterien, und so finden sie nichts dabei, eine angebrochene Flasche Mineralwasser mit Leitungswasser aufzufüllen. Für sie ist das eine Frage der Proportionen. Es macht ihnen einfach Mühe zu glauben, daß ein Zehntel bakterienhaltiges Wasser die übrigen neun Zehntel bakterienfreies Wasser kontaminieren könnte.

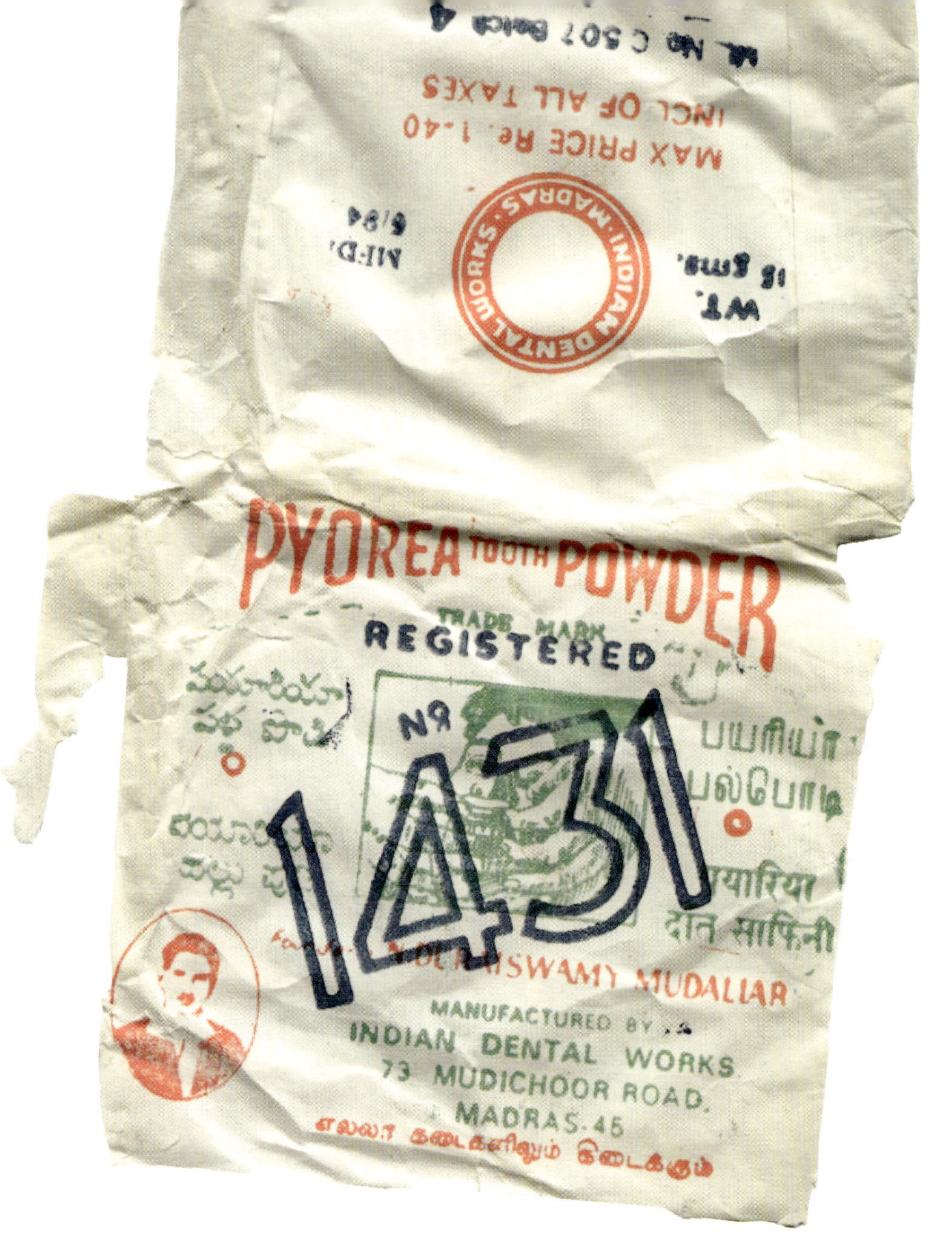

MAX PRICE Re. 1.40
INCL OF ALL TAXES
INDIAN DENTAL WORKS · MADRAS ·
WT.
MF·D.
PYOREA TOOTH POWDER
TRADE MARK
REGISTERED
Nº
1431
MUDALIAR
MANUFACTURED BY
INDIAN DENTAL WORKS
73 MUDICHOOR ROAD.
MADRAS-45

Kurz vor acht haben wir unsere Mahlzeit beendet und fühlen uns angenehm satt und todmüde. Ich möchte schleunigst ins Bett, das Leben ist in Indien furchtbar anstrengend. Doch jetzt, Gott steh uns bei, kommt schon wieder der Oberkellner angerannt! Mit ausgebreiteten Armen versperrt er uns den Weg und fleht:

«Bleiben Sie noch einen Augenblick, bitte! In wenigen Minuten beginnt es.»

«Wir schauen es uns lieber morgen abend an», verspreche ich ihm.

«Bleiben Sie doch», bettelt er, «ich bitte Sie!»

Es könnte einem das Herz brechen – also setzen wir uns wieder hin. Bis es soweit ist, setzen wir die beim Essen begonnene Diskussion zum Thema patras fort. Opianski hat diesbezüglich seine Zweifel; er meint auf der Himmelskarte arabische Ziffern, wie wir sie verwenden, gesehen zu haben. Und die arabischen Ziffern sind sehr viel jüngeren Datums als die im Sanskrit verwendeten. Sollte sich Opianskis Hypothese bestätigen, dann wären Ram Kumars patras nichts als eine plumpe Fälschung.

Allein schon der Gedanke, daß dies möglich wäre, vergällt mir das Wasserspektakel – übrigens eine ziemlich fade Angelegenheit –, und ich kann den morgigen Tag kaum erwarten. Ich möchte jetzt endlich Gewißheit haben.

Am nächsten Morgen gehen wir zum Bahnhof und erkundigen uns nach Zugsverbindungen. Tatsächlich gibt es einen Zug nach Hoshiarpur, der gegen Mittag fährt. Das kostet nur ein paar Rupien, und man muß nicht mal ein booking form ausfüllen.

Wunderbar!

Nur ist es leider ein Bummelzug mit Halt an allen Stationen. Für die dreißig Kilometer von Jalandhar bis Hoshiarpur benötigt er eine Stunde und fünfzehn Minuten, dabei steigen nur wenige Leute ein oder aus. Trotzdem laufen Tee-Zwiebeln-und-Kichererbsen-Verkäufer unentwegt hin und her, den Eimer auf dem Kopf, und rufen ihre Ware aus. Zerlumpte Gestalten kauern auf den Plattformen zwischen den Waggons; obgleich noch viele Sitzplätze frei sind, wagen sie sich nicht hinein. Wahrscheinlich fahren sie schwarz und halten sich deshalb in der Nähe der Türen auf, die auch während der Fahrt offenbleiben. Würden sie, wenn ein Schaffner auftauchte, aus dem fahrenden Zug springen? Jedenfalls machen sie sich ganz klein, indem sie eine Position einnehmen, die den Oberkörper verschwinden läßt, so daß sich das Kinn auf Kniehöhe befindet. So schrumpfen sie um die Hälfte und verwandeln sich in eine Miniatur ihrer selbst, um nicht entdeckt zu werden. Aber ihre Augen leuchten so sehr, daß man sie schon von weitem sieht, viel besser, als wenn sie einfach dastünden oder dasäßen.

Die Augen in den hageren, schmutzverkrusteten Gesichtern leuchten, aber ohne Sehnsucht, ohne Gier, ohne Hoffnung, ohne Begeisterung. Je schmutziger das Gesicht, desto leuchtender die Augen. Wie Kristalle in lehmiger Erde.

Wie sieht die Welt aus, mit solchen Augen betrachtet? Wie auch immer: Diese zerlumpten Menschen sind Reisende. Sie reisen von hier nach dort, sie beklagen sich nicht, sie betteln auch nicht. Gut möglich, daß sie einer der höheren Kasten angehören. Vielleicht sind sie Brahmanen und trotzdem bettelarm. Man kann es nicht wissen. Aber das ist wieder eine andere Geschichte...

Ich will hier nur den Schmutz erwähnen. Vom Schmutz ist schon in den ersten Zeilen des Mahabharata die Rede, so wie in unserer Heiligen Schrift vom Wort die Rede ist. Schmutz ist also keine Schande. In Indien ist er zeitlos, es hat ihn immer gegeben. Er läßt das Gesicht erstarren und mumifiziert es. Er zerzaust und verfilzt und verklebt die Haare. Wahrscheinlich ist er unheilbar.

Wir sollten nie den Blick abwenden, wenn wir einem Inder mit schmutzverkrustetem Gesicht begegnen. Wir sollten auch nicht mitleidig oder empört reagieren. Und noch weniger sollten wir an eine bessere Welt denken, in der alle Menschen vor Sauberkeit nur so strahlen. Wir sollen dieses Gesicht schweigend betrachten, so wie wir das gerahmte Porträt eines Vorfahren betrachten würden oder das Gesicht unseres toten Vaters im offenen Sarg. Denn hier finden wir etwas, das auch uns gehört: unser eigener Schmutz von früher, der Schmutz des Primitiven.

Das schmutzverkrustete Gesicht des Inders zeigt uns, was wir über uns selbst nicht wissen wollen. Unser geheimes Archiv, unsere Büchse der Pandora.

Ram Kumar ist nicht zu Hause, und so will ich es noch einmal bei Mrs. Sneh versuchen. Wir überqueren das unbebaute Grundstück und klingeln. Die Tochter öffnet. Sie sagt nicht, daß ihre Mutter abwesend sei, sie sagt auch nicht, daß sie anwesend sei. Sie läßt uns draußen stehen und verschwindet im Haus. Fünf Minuten später taucht sie wieder auf und bittet uns, die Schuhe auszuziehen. Hierauf führt sie uns in ein geräumiges, hohes Zimmer. Mrs. Sneh, klein, rundlich, mit schlohweißem Haar, sitzt hinter einem Schreibtisch und macht sich Notizen. Ihr gegenüber sitzt ein alter Herr, sicherlich ein Klient.

Mrs. Sneh mißfällt mir von Anfang an. Sie hat nicht einmal hochgesehen, als wir eintraten, aber das ist nicht der Grund für mein Mißfallen. Es ist vielmehr ihre Art, den Klienten zu befragen, mit einem honigsüßen Lächeln im Mundwinkel, aber herablassend. Seit meiner ersten Begegnung mit Ram Kumar habe ich zwar gelernt, daß der Schein trügen kann, aber diese Person ist mir einfach unsympathisch. Mein erster Eindruck bestätigt sich: Die Frau ist falsch.

Im selben Raum warten noch andere Leute, darunter eine Dame, die auf einem Sofa Platz genommen hat. Plötzlich springt sie hoch, stürzt auf Mrs. Sneh zu und hält ihr ein Bündel Rupienscheine unter die Nase. Ram Kumars Tante wehrt ab und schickt die zahlungswillige Angreiferin aufs Sofa zurück. Die Dame muß eine Tochter oder Nichte oder sonst eine Verwandte des alten Herrn sein, aber ihre Geste ist mir schleierhaft. Warum bietet sie Mrs. Sneh noch vor Abschluß der Konsultation Geld an? Warum diese Aufregung? Ich begreife rein gar nichts, außer daß Mrs. Sneh ihre Klienten dadurch verunsichert, daß sie nicht unter vier Augen mit ihnen redet, sondern in einem Raum, der zugleich als Warte- und Sprechzimmer dient. Ram Kumar würde so etwas bestimmt nicht tun.

Und jetzt?

Jetzt steht Mrs. Sneh auf und bedeutet dem alten Herrn, ihr ins Nebenzimmer zu folgen, das nur durch einen dünnen Vorhang abgetrennt ist. Eine Zeitlang hört man sie flüstern – keine Ahnung, was für eine Litanei der Ärmste über sich ergehen lassen muß –, dann wird es still. Ich benütze die Gelegen-

BHRIGU SAMHITA
PROPHECIES PAST, PRESENT AND FUTURE

Text and photographs: Vinod Lall

Composed approximately 5000 years ago by sage Bhrigu, and written in cryptic classical Sanskrit verse, the Bhrigu Samhita contains detailed life accounts of the people who come to seek their destiny here. In simple terms the text is the ultimate in fortune telling.

The town of Hoshiarpur, in the north Indian state of Punjab, has little claim to fame, but for the fact that, it is the home of the Bhrigu Samhita, the book of the past, present and future. The book or *granth* (holy scripture) as it is referred to, is actually a collection of several millions of musty, old, loose sheets of handwritten paper, weighing a total of 1400 kilogrammes. Composed by the sage Bhrigu, it is written in cryptic classical Sanskrit verse and contains millions of detailed life accounts of all the people that are seemingly ordained to seek this information. The information pertains to major events in the evolution of the soul, on its journey towards liberation, from the cycle of birth, death and rebirth. It warns of the calamities that might befall the present manifestation, ways to avert them and means to minimize the damage caused by calamities that have already struck. Further, it indicates, when exactly shall the soul be liberated; if not in this life, then in how many lives. In simple terms, the Bhrigu Samhita is the ultimate in fortune telling.

The earliest mention of the sage Bhrigu can be found in the Vishnu Purana, wherein he is spoken of as an extremely powerful, but long gone personage. Which means, the original work might have been undertaken more than 5000 years ago. It is said that the sage Bhrigu had composed the book, to offset a curse he had incurred. According to the story: the sage was once set upon, by the Gods themselves, to find out, which of

Pundit Deshraj – the discoverer of the Bhrigu Samhita

them was least prone to anger. When he came to Vishnu, he found him relaxing on the banks of a celestial lake with his consort Laxmi, the Goddess of Wealth. Bhrigu pretended as if he had not seen them and stepped on the chest of Vishnu. As the sage had guessed, instead of getting angry, Vishnu was greatly concerned, but only for the sage's welfare! He asked him apologetically, if he had hurt his foot while stepping on his hard body. The sage was pleased by Vishnu's reaction and blessed him but Laxmi, the God's consort, felt slighted by the sage's insolence and cursed him, that he and his descendants shall henceforth remain paupers. To neutralize the effect of that curse, the sage composed his immortal work, the Bhrigu Samhita, so that his descendants would always have a means of making a living. The sage had rightly foreseen that there would always be many people who are curious about their past and future and willing to pay for that information.

The book obviously does not cover the entire population of the planet; not everybody is curious and fewer still, have the will to make the journey, to the distant home of the book. According to one estimate, the book represents about seven per cent of the world's population but only about 40 per cent of the people who come, are able to find their personal papers. Not because the sage had not foreseen their curiosity, but for want of sustained effort in physically searching such a huge book. The successful visitor however is astounded to find written in it, not only his name, but also the date and time of his arrival and as if to make it absolutely sure, also a horoscope corresponding to the date, time and place of his birth.

There are two ways to search for one's personal papers. One way is to make a horoscope corresponding to his date, time and place of birth and try to match it with the horoscopes drawn at the head of every individual entry in the book. To narrow down the search, the book has been divided into several sections. The sections are named after rivers and represent all the people born under the influence of

...of birth ...eads of ...earch is ...atching ...on born ...d under ...Varanasi ...ga, a per... ...d be listed ...o on. The ...d down in ...no means, ...has several ...e over. ...te one's per... ...a horoscope ...te and time of ...f the book's ...match it with ...ction known as ...ction. This sec... ...a conversation ...rigu and his son ...explains to the ...the book and il... ...ith long narratives

A painting of Sage Bhrigu

...of a page ...Bhrigu

...various circumstances under ...the book might be referred to. ...again is a long drawn out search ...can take days and sometimes ...ks, in spite of the army of resear... ...rs that are engaged in the work. ...e prospective seeker would be well ...vised to be prepared for a long stay ...Hoshiarpur or make at least two ...ips. Once to make the request and ...urnish them with the ground informa... ...ion they must work on and a second ...time to actually see the document and ...have it explained to you. Provided of ...course the papers are found, if not the

Bhrigu S... book, w... of keepi... by telep...

A... times... ed o... tury... Pur... m... H... c...

68

69

heit, um mit zwei ebenfalls wartenden Männern ein Gespräch anzuknüpfen. Beide sind ziemlich jung, westlich gekleidet, und sie kommen, wie ich erfahre, aus Uttar Pradesh. Von weither also. «Und Sie von noch weiter!» meint der eine und mustert mich argwöhnisch.

Ein unangenehmes Gefühl beschleicht mich, anscheinend ist uns ein übles Gerücht vorausgegangen. Zugleich belustigt mich diese Feindseligkeit. Ist Mrs. Sneh eine so fabelhafte Seherin, daß sie, noch bevor sie mich eines Blickes gewürdigt hat, bereits weiß, was ich von ihr halte? Wundern würde es mich nicht.

Ich bin gespannt, wie's nun weitergeht.

Mrs. Sneh kommt ohne den alten Herrn zurück. Sie flüstert der Dame auf dem Sofa etwas ins Ohr, worauf diese abermals wie gestochen hochfährt und das Bündel Rupienscheine zückt. Diesmal steckt Mrs. Sneh das Geld ohne viel Federlesens ein. Daraufhin erhebe auch ich mich und bitte um eine Privataudienz.

«Wir sind aus Frankreich gekommen», ergänzt Opianski.

«Heute habe ich keine Zeit», erwidert sie.

«Und morgen?»

«Morgen auch nicht.»

«Dann vielleicht übermorgen?»

«Es geht weder morgen noch übermorgen, ich verreise nämlich und werde fünf Monate abwesend sein.»

Sie setzt sich wieder hinter ihren Schreibtisch und bittet die beiden jungen Männer, ihr gegenüber Platz zu nehmen.

Jetzt gibt es noch ein überraschendes Nachspiel: Plötzlich wird der

Vorhang zur Seite gerissen, und ein Mann im Unterhemd kommt zum Vorschein. Er sieht aus, als wäre mit ihm nicht gut Kirschen essen. Kein Zweifel, das ist der Hausherr. Augenblicklich werfen sich ihm die beiden jungen Männer zu Füßen und küssen inbrünstig seine Hosenaufschläge. (Wenn mich mein Gedächtnis nicht trügt, schleudert er die Bittsteller mit einem Fußtritt von sich.)

«Sie waren doch schon bei Ram Kumar!» herrscht er mich an. «Also gehen Sie nur wieder dorthin!»

«Und lassen Sie sich hier nicht mehr blicken!» fügt einer der Besucher hinzu.

Damit hatte sich Opianskis Hypothese der Familienfehde zwischen Ram Kumar und seiner Tante bestätigt. Entweder lieferten sich die beiden einen gnadenlosen Konkurrenzkampf, oder dann bestand zwischen ihnen ein Gentleman's Agreement, wonach keiner die Klienten des anderen übernahm. Aber diese Rivalität hatte etwas Unbarmherziges und Sektiererisches. Wer zu diesem ging, wurde von jenem als Erzfeind betrachtet, als Antichrist sozusagen oder doch mindestens als Persona non grata.

Wenn Opianski wieder mal recht gehabt hat, ist er im siebenten Himmel. Nach seinem Dafürhalten ist der menschliche Geist genauso berechenbar wie ein Zug in einer Schachpartie. Das macht Opianski paradoxerweise einem Seher ähnlich. Er behält häufig recht, aber er bringt es nicht fertig, diskret darüber hinwegzugehen.

«Ich hab's ja gewußt, das sind doch Bauernfänger, alle

beide!» triumphierte er auf dem Rückweg zu Ram Kumar. Ich dagegen zitterte beim Gedanken, Ram Kumar oder Ramesha könnten uns beim Verlassen des Hauses der Tante beobachtet haben.

Und wenn sie sich nun deswegen beleidigt fühlten? Dann würden sie uns vielleicht ebenfalls hinauswerfen. Ich hätte ihnen lieber vorher sagen sollen, daß ich auch Mrs. Sneh aufsuchen würde.

Gleichzeitig versuchte ich mich dadurch zu beschwichtigen, daß ich mir das Verhalten Ram Kumars bei unserer ersten Begegnung vor Augen hielt. Er hatte sich dumm gestellt. Im Gegensatz zu seiner Tante war Ram Kumar ein Mensch, der seinen Klienten zunächst einmal passiven Widerstand leistete und sich nicht scheute, dadurch einen schlechten Eindruck zu machen. War das ein Trick, um den Fremdling, der bei ihm anklopfte, zu prüfen? Um Zweifler und Ungläubige von Anfang an zu entmutigen? Hätte auch er ungehalten reagiert, wenn ich statt seiner zuerst Mrs. Sneh konsultiert hätte?

Offenbar war er sich seiner Sache sicher und fühlte sich zu seiner Tätigkeit in einer Weise legitimiert, die Zorn und Neid auf andere von vornherein ausschloß. Wie der von Henri Michaux beschriebene Inder saß er auf seinem Schatz, «unbeweglich und von niemandem etwas erwartend». Sein Schatz, das war das Buch Bhrigu. Alles deutete darauf hin, daß Ram Kumar dessen rechtmäßiger Eigentümer war und Mrs. Sneh eine Usurpatorin. Aber kann eine angeblich heilige Schrift einem einzelnen Menschen gehören? Würde sich ein Beduine aus dem Sinai als Eigentümer der Schriftrollen vom Toten Meer betrachten?

Fragen dieser Art bereiteten Opianski kein Kopfzerbrechen. Er war vollkommen überzeugt, daß die ganze Geschichte ein ausgemachter Schwindel sei, und ließ sich von seiner Idee nicht abbringen. Er ging mir langsam auf den Wecker. Als wir nach Jalandhar zurückfuhren, kam es deswegen zwischen uns zu einem gewaltigen Krach.

Wir hatten den ganzen Nachmittag in Ram Kumars Garten gewartet, doch er hatte sich nicht blicken lassen. Nur Ramesha war kurz zu uns herausgekommen, um uns in ihrem holprigen Englisch mitzuteilen, die Recherchen seien noch im Gang. Sie wirkte so gelassen wie immer, was mich beruhigte; vielleicht würde unser Abstecher zu Mrs. Sneh uns doch keine Vorwürfe eintragen. Aber als ich auf die Toilette ging, bemerkte ich Ram Kumar in seinem Büro. Er warf mir nur einen flüchtigen Blick zu und verschwand dann durch eine Tür, ohne mir auch nur zuzunicken.

Spielte er den Gleichgültigen, oder war ich ihm tatsächlich völlig gleichgültig?

Die naheliegende Erklärung war wohl die, daß meine täglichen Besuche ihn in Verlegenheit brachten, weil er nicht wußte, was ich damit bezweckte. War ich als Klient hergekommen, oder hatte ich etwas anderes im Sinn? Vielleicht wurde es Zeit, daß ich ihn über meinen Plan, ein Buch über diese geheimnisvolle Weissagung zu schreiben, aufklärte.

Unterdessen hatten etwa zwanzig Schulkinder, angeführt von ihrer Lehrerin, den Garten in Beschlag genommen. Alle hockten artig im Schneidersitz auf dem asphaltierten Weg und skandierten in gleichförmigem Rhythmus ein Mantra. Am folgenden Tag zur selben Zeit erschien eine andere Schulklasse, in Begleitung derselben jungen Frau, und sang dasselbe Mantra.

Ich erfuhr, daß Ram Kumar diesen Kindern jeden Tag einen Imbiß spendierte. Er war eine Art Schuld, die er laut seiner PATRA abtragen mußte zur Sühne für böse Taten, die er in seinem früheren Dasein begangen hatte.

«SIE HABEN ALSO AUCH IHRE EIGENE PATRA AUSGEGRABEN?» FRAGTE ICH IHN TAGS DARAUF.

«Ja, natürlich.»

«In diesem Fall wissen Sie, wann genau Sie sterben müssen?»

«Ja... Ich weiß auch, woran», fügte er nach einer Pause hinzu, in der langsamen, gleichmütigen Art, die für seine Sprechweise so typisch war.

Dieser wortkarge Mensch hätte auch vom Weltuntergang wie von einer alltäglichen Begebenheit gesprochen, und die Erwähnung seines eigenen Todes ließ ihn gänzlich unbewegt.

«Für uns Hindus», sagte er, «ist der Tod nur eine Etappe auf dem Weg zum Nirwana. Wir fürchten uns nicht vor ihm.»

«Aber das genaue Sterbedatum zu kennen ist doch etwas anderes», wandte ich ein.

«Unser Geburtsdatum ist uns doch auch bekannt», meinte Ram Kumar achselzuckend. «Warum also nicht das Sterbedatum?»

«Weil grundsätzlich niemand wissen soll, wann er stirbt.»

«Grundsätzlich, ja», gab er zu. «Aber derselbe Grundsatz gilt auch für das Geburtsdatum. Niemand wüßte, wann er geboren wurde, wenn man es nicht irgendwo aufgeschrieben hätte.»

«Dieses Datum wird nun einmal aufgeschrieben.»

«Auf eure Grabsteine schreibt ihr doch auch das Sterbedatum, nicht wahr?»

«Ja, schon – aber das geschieht erst im nachhinein, sozusagen.»

«Auch das Geburtsdatum wird erst im nachhinein aufgeschrieben», bemerkte er.

Zum ersten Mal sprachen wir wirklich miteinander, und was mich an diesem Gespräch faszinierte, war diese merkwürdige, sehr poetische Auffassung von Zeit. Dieser Mann machte sich von der Zeit ein ganz anderes Bild als ich. Ich weiß nicht, ob er in allen Zeiten zugleich existierte, aber er hatte eine Art, den Begriff selbst zu demontieren, die ich einfach bewundernswert fand.

Mich interessierte auch, wie man das Leben erlebt, wenn man weiß, wann genau es zu Ende geht, und wenn man im voraus über alle wichtigen Ereignisse in seinem Leben Bescheid weiß. Ram Kumar verstand nicht, was daran so interessant sein sollte. Er besaß keine andere existentielle Erfahrung, keine andere Philosophie als die eines Menschen, der schon immer wußte, welches Schicksal ihn erwartet. Ebensogut hätte ich einen Vogel fragen können, was man beim Fliegen empfindet.

«Ich bin schon sehr jung in die Lektüre des Buches Bhrigu eingeweiht worden», sagte er, «im Alter von vierzehn Jahren.»

«Von wem?»

«Von meinem Großvater, Pandit Deshraj.»

given a mantra, which he was to chant a specified number of times, to purify himself. Last heard of, the man seemed to be definitely on the mend.

Some come to seek their past, while others are more concerned over the future. Many come to seek a way out of the trouble they are in. Yet others, to reassure themselves, that the good times they are enjoying, will continue, and to be forewarned of any mishaps, that might befall them in future. A great many, who have chosen the spiritual path, come to seek confirmation of the wisdom of their choice, and to find out how many cycles of birth and death will they have to beat, to achieve soul liberation. As mentioned earlier, a great many (in fact more than those that will) will not find their personal papers. But that does not diminish the greatness of the Bhrigu Samhita, nor does the enthusiasm of the visitors, waver. In the minds of the seekers, it has been proved beyond doubt that, should their personal papers be found, all would be revealed. Some kind of Nirwana?

...ent day Bhrigu ...y

Descendants of Pundit Deshraj

said that the man had been a boatman in his previous life. One day an absent minded businessman left behind a bag of gold coins in his boat, which he refused to return, feigning ignorance about the existence of the bag. So to atone for the sin of cheating in his previous life, he had to suffer penury in the present life. The book then went on to provide a solution to his particular problem. He was asked to propitiate Laxmi, the Goddess of Wealth, with several sacrificial rites and was

HOW TO REACH THERE

Hoshiarpur is well connected by both bus and rail from Delhi. At the bus or rail station, one merely has to ask the nearest rickshaw-wallah, to take you to the Bhrigu Shastrys. Every native of Hoshiarpur knows them. Once there, the Bhrigu Shastry you choose (there are four of them) will take care of everything else.

BHRIGU SAMHITA
PROPHECIES

«Und er? Wer hat ihn eingeweiht?»

«Niemand.»

«Das versteh ich nicht.»

«Ich sagte Ihnen doch neulich, das sei eine lange Geschichte, und ich würde sie Ihnen erzählen.»

«Ja...?»

«Ich bin eben dabei, sie Ihnen zu erzählen», sagte er und zündete sich eine BIDI an.

«MEINE FAMILIE STAMMT AUS LAHORE», BEGANN RAM KUMAR. «Vor der Teilung im Jahre 1947 war Lahore eine indische Stadt, und mein Großvater, Pandit Deshraj, praktizierte dort die traditionelle indische Heilkunst. Durch Zufall kam ihm eine Abschrift des Buches Bhrigu in die Hände, und das kam so: Er kaufte einem Trödler ein Quantum Altpapier ab, um seine Medikamente zu verpacken. Es war nicht sehr viel, müssen Sie wissen, und mein Großvater hätte sicherlich alles bis zum letzten Blatt aufgebraucht, ohne zu merken, was für einen Schatz er da hatte. Meine Großmutter war diejenige, die es merkte, und sie veranlaßte Pandit Deshraj, dem Trödler seinen ganzen Vorrat abzukaufen. Drei Tonnen Altpapier! Man mußte eigens ein neues Zimmer anbauen lassen, um alles unterzubringen.»

«Und der Trödler wußte nicht, daß er diesen Schatz besaß?»

«Dazu hätte er Sanskrit können müssen. Aber vor lauter Freude, ein so gutes Geschäft zu machen, hatte er die Ware gar nicht richtig angeschaut. Meine Großmutter dagegen konnte genug Sanskrit, um die Schrift zu entziffern, und fand schnell heraus, daß es sich um die Weissagung Bhrigus handelte.»

«Wie denn?»

«Aufgrund der Art, wie die PATRAS formuliert waren. Sie müssen wissen, die Weissagung ist in Form eines Dialoges zwischen Bhrigu und seinem Sohn Shukra abgefaßt, das war allgemein bekannt. Jede Voraussage beginnt damit, daß der Sohn dem Vater eine Frage über irgendeinen Menschen stellt. Darauf folgt die Antwort des Vaters. Das war alles, was man über das Buch Bhrigu wußte. Seine Spur hatte sich seit langem verloren, man wußte nur, daß es sich um eine Prophezeiung in Dialogform handelte.»

«Existieren denn noch andere Versionen dieses Buches?»

«Nicht, daß ich wüßte», erwiderte Ram Kumar. Er schwieg eine Weile und setzte dann hinzu:

«Angeblich soll auch der König von Nepal eine Abschrift besitzen. Aber niemand hat sie je zu Gesicht bekommen.»

«Eigenartig», bemerkte Opianski. «Die vedischen Hymnen und das Mahabharata haben Jahrhunderte überdauert. Warum sollte ausgerechnet das Buch Bhrigu verlorengegangen sein?»

«Sie müssen bedenken, daß unsere heiligen Texte entstanden sind, als es noch keine Schrift gab», sagte Ram Kumar. «Sie wurden zuerst nur mündlich überliefert. Erst viel später, als eine Schrift aufgekommen war, wurden sie ‹fixiert›. Vielleicht sind auch andere Bücher verlorengegangen, nicht nur unsere heiligen Bücher.»

«Apropos», sagte ich, «das Buch Bhrigu betrifft doch die ganze Menschheit. Wie kann es da einer einzelnen Familie gehören?»

«Ich habe nicht gesagt, daß es mir gehört», verteidigte sich Ram Kumar.

«Aber es befindet sich in Ihrem Besitz.»

«Ich bin der Hüter des Buches, nicht sein Eigentümer.»

«Aber außer Ihnen hat niemand Zugang zu diesem Buch!»

«Jeder kann kommen und Bhrigu befragen», entgegnete Ram Kumar. «Ich bin nur die Tür und die Augen, die sich auf dieses Buch öffnen.»

Er verstand nicht, inwiefern der materielle Besitz des Buches anderen den Zugang dazu verwehren sollte. Ram Kumar war von der mystischen Überzeugung erfüllt, daß er der große Eingeweihte war, ohne den die Weissagung verschlossen blieb. Warum hätte ich ihm das Recht, sich als den mit dieser Mission Betrauten zu betrachten, absprechen sollen? War ich denn nicht eigens nach Indien gereist, um einen Seher aufzusuchen? Und jetzt nahm ich ihn ins Verhör, als wäre er ein Gauner, verlangte von ihm klare und eindeutige Antworten! Auf einmal kam ich mir schäbig vor mit meiner Ausfragerei.

«Um auf Ihren Großvater zurückzukommen», sagte ich, «wie hat er seine Methode entwickelt?»

«Pandit Deshraj hatte bemerkt, daß jede PATRA eine Himmelskarte enthielt – wie jene, die ich Ihnen neulich zeigte. Und da sagte er sich, das müsse bestimmt einen Zweck haben. Er sah darin so etwas wie eine astrologische Identitätskarte des betreffenden Menschen. Und so hat er den Index erstellt, von dem ich Ihnen neulich erzählte.»

«Indem er sämtliche Himmelskarten abzeichnete und in ein Verzeichnis übertrug?»

«Richtig.»

«Dazu muß er Jahre gebraucht haben.»

«Ja, er hat lange daran gearbeitet.»

«Wie viele PATRAS gab es im ganzen?»

«Man hat sie nie gezählt», sagte Ram Kumar zerstreut.

Er starrte eine Zeitlang nachdenklich seine Schuhspitzen an, dann hob er den Kopf und sah mir in die Augen:

«Ich kann Ihnen eine interessante Geschichte erzählen.»

«Wovon handelt sie?»

«Sie meinten doch, das Buch Bhrigu gehöre der ganzen Menschheit, nicht wahr?»

«Ja, ich finde schon...»

«Also, hören Sie zu: Eines Tages, ein paar Monate nachdem der Index fertig war, tauchte bei meinem Großvater ein Engländer auf. Der Mann stellte sich als Privatsekretär des Maharadscha von Lahore vor. Er hatte den Auftrag, Pandit Deshraj das Buch Bhrigu abzukaufen, und bot ihm dafür viel Geld an. Doch mein Großvater wollte es nicht verkaufen. Wenige Tage später erschien der Engländer erneut und verdoppelte sein Angebot. Mein Großvater lehnte abermals ab. Da befahl der Maharadscha, man solle ihm das Buch mit Gewalt wegnehmen. Eines Nachts drangen Bewaffnete in unser Haus ein und raubten das Buch, nachdem sie die ganze Familie mißhandelt hatten. Sie müssen wissen, der Maharadscha von Lahore war ein schlechter, grausamer Mensch... Aber er konnte die Weissagung nicht entziffern... Er verstand nämlich kein Sanskrit, und zudem hatten seine Leute den Index nicht mitgenommen. Na, stellen Sie sich den Maharadscha vor, wie er dasitzt vor einem Berg von

Papieren und versteht kein Wort!» Ram Kumar klopfte mir auf die Schulter, und seine Augen funkelten plötzlich vor Vergnügen.

Er zündete sich eine BIDI an, blies eine Rauchwolke aus dem Mundwinkel und meinte:

«Sie sehen also, das Buch Bhrigu gehört nicht demjenigen, der es besitzt. Es hat Jahrhunderte überdauert, bis es seinen Hüter fand. Und das war mein Großvater.»

«Hat der Maharadscha das Buch Pandit Deshraj wieder zurückgegeben?» fragte ich.

«Ja.»

«Was, einfach so?»

«Nein, nicht einfach so», erwiderte Ram Kumar. «Zuerst hat er meinen Großvater zu sich in den Palast befohlen, damit er ihm das Geheimnis der Lektüre verrate. Aber mein Großvater ging nicht hin. Da ließ ihn der Maharadscha entführen und in den Kerker sperren, ohne Essen und Trinken. Trotzdem weigerte sich mein Großvater, dem Tyrannen zu gehorchen.»

«Die Weigerung hätte ihn sein Leben kosten können.»

«Das war ihm egal. Aber dann wurde der Maharadscha so wütend, daß er anfing, das Buch zu verbrennen. Jeden Morgen warf er einen Stoß Papiere ins Feuer, und dann mußte ein Bedienter Pandit Deshraj die Asche zeigen. Zum Glück hat der Engländer schließlich den Maharadscha zur Vernunft gebracht. Aber mittlerweile war ein Teil der Weissagung bereits in Rauch aufgegangen.»

«Ein großer oder ein kleiner Teil?»

«Das weiß ich nicht...»

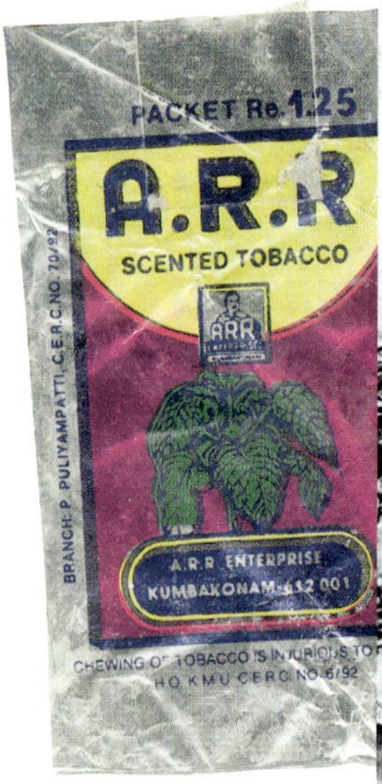

«Wenn das so ist, dann wird also nicht jedermann seine PATRA in Ihrem großen Buch finden?»

«Es kommt ja nicht jedermann her, um Bhrigu zu befragen», meinte Ram Kumar. «Und vielleicht hätten die verbrannten PATRAS ihre Bestimmung ohnehin nie erreicht. Wie dem auch sei, sie sind hin. Man darf ihnen nicht nachtrauern.»

«Aber nun fehlen sie eben...»

«In einem Ganzen», erklärte Ram Kumar, «gibt es immer auch einen fehlenden Teil. Und das, was wir nicht wissen, ist wichtiger als das, was wir wissen. Die verlorenen PATRAS sind ein Teil eines Verlustes, der so groß ist, daß wir ihn nicht ermessen können.»

Dieses Gespräch war das längste und wohl auch das aufschlußreichste, das ich bis dahin mit Ram Kumar geführt hatte. Im allgemeinen wartete ich stundenlang, nur um einige Minuten mit ihm reden zu können. Doch ich langweilte mich nie, während ich wartete. Ich beobachtete die Luftkämpfe zwischen Geiern und Papierdrachen hoch über Hoshiarpur oder sah den Arbeitern zu, die an Ram Kumars Haus einen zusätzlichen Flügel anbauten. Auch hier waren mehr Maurer beschäftigt, als eigentlich nötig gewesen wären.

An jenem Tag plauderten wir etwa eine halbe Stunde miteinander. Ich hätte ihm noch hundert Fragen stellen mögen, aber ich mußte weg, um den letzten Zug nach Jalandhar noch zu erreichen. Unterdessen war der Garten ohnehin wieder von den Schulkindern in Beschlag genommen worden, die so laut ihr Mantra krähten, daß man sein eigenes Wort nicht mehr verstand.

Ich konnte den nächsten Tag kaum erwarten, so gespannt war ich auf die Fortsetzung der Geschichte. Aber Ram Kumar sagte, ich solle erst in zwei Tagen wiederkommen, denn: «Morgen werde ich den ganzen Tag nicht reden. Morgen ist nämlich mein Schweigetag.»

In Indien tut man gut daran, sich nicht ausgerechnet bei einem Passanten, der seinen Schweigetag hat, nach dem Weg zu erkundigen. Er wird nämlich den Finger auf den Mund legen und weitergehen, ohne einem auch nur ein Lächeln zu schenken. Man kommt sich dann furchtbar zudringlich vor. Eine Zeitlang hat man sogar Mühe, die Sprache wiederzufinden: Das Schweigen dieses Menschen hat einen selbst zum Schweigen gebracht.

Aber woher hätte man wissen sollen, daß er gerade heute seinen Schweigetag hat? Nichts unterscheidet diesen Passanten von allen anderen. Es gibt keinen offiziellen Schweigetag. Es ist kein religiöser Feiertag, etwa wie Pessach oder Jom Kippur. Jeder Hindu sucht sich seinen persönlichen Schweigetag aus, so wie er sich unter all den vielen Gottheiten seinen persönlichen Gott aussucht. Es ist eine ganz und gar individuelle Entscheidung, die langsam heranreift wie die Frucht am Baum.

Sobald der Hindu in seinen Schweigetag eintritt, entzieht er sich der Macht des Realen. Und sollte sein Haus einstürzen – er spricht kein

Wort. Er zieht sich aber deswegen nicht von der Welt zurück. Ist er Schalterbeamter, sitzt er hinter seinem Schalter; ist er Lkw-Fahrer, sitzt er am Steuer seines Lkw. Er bahnt sich wie gewohnt mit den Ellbogen einen Weg durch die Menschenmenge und ist gekleidet wie immer. Er kommt und geht und sieht aus wie sonst auch, nur ein klein wenig mehr in sich gekehrt als an anderen Tagen.

Ich weiß nicht, was hinter diesem Schweigetag steckt, aber ich bin mir sicher, daß es kein Dogma und keine Doktrin ist. Vielleicht hat es einen ähnlichen Sinn wie das Fasten, aber es ist keineswegs ein Bußfasten; es ist nur die zeitweilige Aufhebung eines Naturgesetzes, wonach der Mensch essen und die Dinge mit Namen bezeichnen muß.

Da ich also erst am übernächsten Tag wieder nach Hoshiarpur sollte, ging ich zu meinem Schneider, um die bestellten Sachen abzuholen. Im Hotel öffnete ich das Paket und breitete die Kleider auf dem Bett aus. Wundervoll! Granatrot, Perlmutter, Weiß, Türkis, Lila, Schwarz, und alles aus einer Rohseide, die den Farben einen besonderen Schimmer verleiht. Die Vorlage wirkte daneben fürchterlich trist. Ein synthetisches Grau, so eine Halbtrauerfarbe, in der damals alle Pariserinnen herumliefen.

Ich malte mir schon aus, wie begeistert meine Frau über diese Prachtstücke sein würde. Aber dann bemerkte ich, daß man mir nicht sieben Kleider geliefert hatte, wie bestellt, sondern nur sechs. Ich ging also zum Schneider zurück und erklärte ihm, daß eines fehlte. Das schien ihn jedoch kein bißchen zu überraschen. Er trug, nur pro forma, einem Angestellten auf, das fehlende Kleid zu holen, und bewirtete mich unterdessen mit Tee. Schon nach kurzer Zeit kam der Angestellte zurück – mit leeren Händen...

«Ein kleiner Irrtum», sagte der Schneider, nachdem er sich die Erklärungen des Mannes angehört hatte. «Unser Zuschneider scheint etwas falsch verstanden zu haben. Wenn nötig, wird er jedoch die ganze Nacht arbeiten, damit das Kleid bis morgen früh fertig ist.»

Der Schneider hat mir das siebte Kleid nie geliefert. Der gewünschte Farbton sei leider gerade nicht am Lager, der Zuschneider liege mit einer schlimmen Erkältung im Bett – und wenn's das nicht war, so war's etwas anderes. Dabei ging es dem Schneider nicht ums Geld, er gab mir den zuviel bezahlten Betrag ohne weiteres zurück. Es ging um etwas anderes, etwas, das er mir nicht erklären konnte oder wollte. Was es auch war, er hätte dieses siebte Kleid um alles Gold der Welt nicht gemacht.

Doch die Sache mit dem fehlenden Kleid verfolgte mich hartnäckig, denn ich sah darin eine Parallele zum Ausspruch Ram Kumars über die verbrannten PATRAS: «Sie sind ein Teil eines Verlustes, der so groß ist, daß wir ihn nicht ermessen können.» Beide, der Seher und der Schneider, hatten von denselben Dingen gesprochen. Von irgendwelchen Geheimnissen. Und mich trieb es nun einmal, Geheimnisse zu knacken wie Panzerschränke. Mit dem Resultat, daß alles nur noch geheimnisvoller wurde.

OPIANSKI MEINTE, ICH SOLLE DIESE GEHEIMNISSE RUHEN LASSEN UND MICH LIEBER KONKRETEREN PROBLEMEN ZUWENDEN. Zum Beispiel den Ziffern auf den PATRAS, über die er schon seit Tagen nachgrübelte. Er sah darin einen Hinweis darauf, daß Ram Kumar ein Betrüger war. Doch diese Frage klärte sich rasch auf: Ram Kumar nahm abermals das pistaziengrüne Bündel mit den PATRAS hervor, und nun stellten wir fest, daß es sich tatsächlich um Sanskrit-Ziffern handelte.

Blieb also noch die Sache mit dem Streit zwischen Ram Kumar und Mrs. Sneh. Das war wirklich eine Knacknuß, denn Ram Kumar wich unseren Fragen immer wieder aus. «Manche Leute sind eben weniger umgänglich als andere», meinte er, als wir ihm berichteten, wie unfreundlich sich seine Tante uns gegenüber benommen hatte. Mrs. Sneh könne den Tod ihres Sohnes nicht verwinden, der erst vierundzwanzigjährig gestorben sei, seither sei sie verbittert. «In jeder Familie gibt es Tragödien», fügte er hinzu.

Er hielt an dieser offiziellen Erklärung für die feindselige Haltung seiner Tante fest, doch ich spürte, daß ihm die Sache zu schaffen machte und er sich gerne jemandem anvertraut hätte, zumal einem Außenstehenden wie mir. Was ihn zurückhielt, war wohl eine Art Scham – aber nicht nur. Ram Kumar schnitt ein Thema erst dann an, wenn ihm die Zeit reif dafür schien. Er war alles andere als sprunghaft; bei ihm kam immer schön eins nach dem anderen. Obschon er niemals die Gesprächsführung übernahm, wies er jeden Versuch, ihn vom jeweiligen Thema abzulenken, zurück. Und er empfand meine penetranten Fragen zu diesem Zwist offenbar als Ablenkungsmanöver.

Mehrere Tage lang kam ich immer wieder darauf zu sprechen, ohne etwas aus ihm herauszubekommen. Das waren ziemlich peinliche Momente. Aber interessierte mich diese Geschichte wirklich so sehr? Schließlich war es ja Opianskis und nicht meine Idee gewesen, Ram Kumar darüber auszufragen.

Ich ließ mich da in eine Sache verwickeln, die nicht mich, sondern meinen Freund beschäftigte. Der Scharfblick, den ich sonst so an ihm schätzte, führte mich diesmal in eine Sackgasse.

Die Allegorie des Schatzes, der einem Trödler für ein Butterbrot abgekauft wird, erschien mir jetzt in einem neuen Licht. Vielleicht handelte es sich nur um eine Familienlegende, aber wieviel Sinn lag doch darin! Der Trödler spielte eine wichtige Rolle. Mit seinen Lumpen, den Papieren, die dem Zerfall geweiht waren, stand er zwischen Sein und Nichtsein. Nur auf dem Umweg über den Trödler konnte das verschollene Buch Bhrigu wieder zum Vorschein kommen. Undenkbar, daß Pandit Deshraj es von selbst entdeckt hätte, in einer Höhle oder auf einem Speicher beispielsweise. Dann hätte man sich gewundert, was ihn an einen solchen Ort führte; man hätte sich alle möglichen Fragen gestellt, und eine Legende verträgt keine Fragen. Es mußte unbedingt ein Mißverständnis geben, um die Weitergabe zu ermöglichen, und einen Ahnungslosen, um den Schatz seiner wahren Bestimmung zuzuführen.

Doch das allein verlieh der Allegorie noch nicht ihre volle Bedeutung. Pandit Deshraj war zwar tatsächlich derjenige, dem das Buch zufallen mußte, aber er hätte es, aus Unkenntnis oder Unachtsamkeit, beinahe zu einem falschen Zweck verwendet (nämlich zum Einwickeln seiner Medikamente). An diesem Punkt erschien der rettende Engel (in Gestalt der Frau Pandit Deshrajs) und bewahrte ihn vor einem nicht wiedergutzumachenden Fehler.

Doch auch das reichte noch nicht aus, um ihn zu dem von der Vorsehung bestimmten Hüter und rechtmäßigen Erben der Weissagung zu machen. Erst mußte er den Text entziffern, mußte die Sprache der Götter und deren verborgene Absicht rekonstituieren. Um den Sinn des Buches zu ergründen, konnte er sich nur auf seine Augen, seine Intelligenz, sein eigenes Urteil verlassen. Die durch den Trödler (der ein Analphabet war oder als Analphabet galt) überlieferte Weissagung verpflichtete Pandit Deshraj, zugleich als Schüler und Lehrer, als Initiator und Initiierter zu handeln.

Damit erschöpfte sich die eigentliche Fabel, fehlten nur noch die Initiationsriten. Schon die erste Prüfung, das Entziffern des Textes, stellte eine gewaltige Herausforderung dar. Dank seiner intellektuellen Fähigkeiten hatte Pandit Deshraj diese Prüfung bestanden. Nun mußte er, um sich des Amtes eines Bhrigu Shastri als würdig zu erweisen, auch seine Charakterstärke unter Beweis stellen.

Gelegenheit dazu wurde ihm geboten, als der Maharadscha von Lahore ihm das Buch raubte. Der abergläubische und besitzgierige Tyrann brachte Pandit Deshraj in ein fürchterliches Dilemma: Sollte er zulassen, daß ein Ignorant das Buch besaß, und dadurch sein Leben retten, oder sollte er mitsamt dem Buch zugrunde gehen? Nach der Version Ram Kumars wollte Pandit Deshraj lieber sterben und das Buch den Flammen opfern, als es dem Maharadscha zu überlassen. Da erschien abermals ein rettender Engel (diesmal in Gestalt des Engländers), um eine nicht wiedergutzumachende Tat zu verhindern. Doch diesmal war es ein Fremder (wie ich) und ein Zweifler (wie ich). Denn nur ein Fremder konnte diese Rolle spielen.

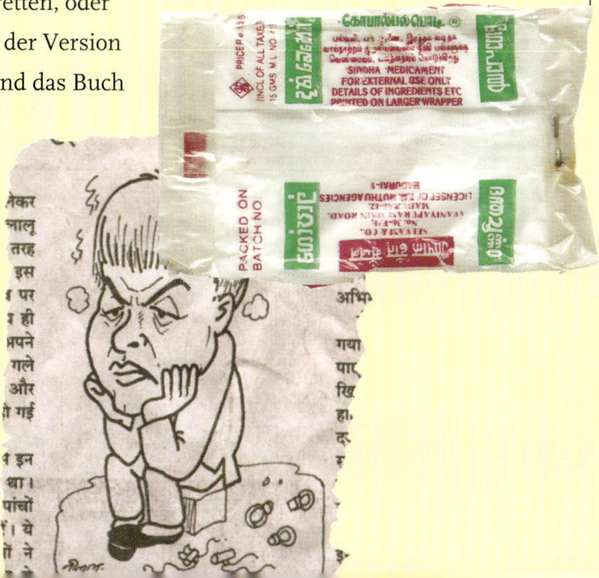

In der Familiengeschichte Ram Kumars spielte der Fremde eine Doppelrolle: die des Schutzengels und die des Unheilsboten. Deshalb das Mißtrauen Ram Kumars bei unserer ersten Begegnung, deshalb die sozusagen intermittierende Sympathie, die er mir seither entgegenbrachte.

Ramesha dagegen zeigte sich immer ungnädiger. Sie bot uns nicht einmal mehr Tee an, während wir im Garten warteten. Doch je abweisender sie wurde, desto zugänglicher und gesprächiger wurde Ram Kumar.

Er erzählte mir, sein Großvater, durch die böse Erfahrung mit dem Maharadscha vorsichtig geworden, habe das Buch an einem sicheren, nur ihm bekannten Ort versteckt und damit vor der Zerstörung bewahrt – denn das Haus Pandit Deshrajs wurde zweimal von einer Feuersbrunst heimgesucht. Beide Male war es Brandstiftung. Man verdächtigte natürlich den Maharadscha, doch dann stellte sich heraus, daß niemand anderes als der Trödler die Brände gelegt hatte.

Der gute Mann, der einen kostbaren Schatz für einen lächerlichen Betrag hergegeben hatte, verlangte im nachhinein seinen Anteil. Manche Leute haben eben eine lange Leitung. Freilich wollte er nicht das Buch zurückhaben, er forderte lediglich ein Zehntel der Einnahmen, die Pandit Deshraj mit seinen Vorhersagen machte. Die Geschichte hatte sich nämlich herumgesprochen, und nun pilgerten die Leute scharenweise nach Lahore, weshalb Pandit Deshraj seinen angestammten Beruf aufgegeben hatte und Seher geworden war. Die Forderung des Trödlers beschäftigte Ram Kumar noch jetzt, sechzig Jahre nach den Ereignissen.

«Was meinst du, hätte man ihm etwas geben müssen?» erkundigte er sich unvermittelt.

Seine Stimme klang so gelassen wie immer, doch in der Frage schwang eine familiäre Nuance mit, eine Zutraulichkeit, die mich so sehr berührte, daß ich einen Moment lang nichts sagen konnte. Er behandelte mich jetzt wie einen Freund und stellte damit sich selbst, den Eingeweihten, auf die gleiche Stufe wie mich, den Unwissenden. «Überleg dir die Antwort gut», sagte er, «diese Frage ist nämlich wichtig.» Und dann, eindringlich: «Sehr wichtig, auch für dich.»

Ich hatte immer noch nicht bekannt, daß ich ein Buch über die Weissagung schreiben wollte, aber er wußte es trotzdem, das bewies seine Bemerkung. Schließlich war er nicht umsonst ein Seher. Ich nahm an, er habe es mir irgendwie angesehen. Trotzdem brachte mich seine Frage in Verlegenheit.

«Darüber muß ich erst mal nachdenken», meinte ich zögernd. «Also – wenn euch das Buch Bhrigu lediglich finanzielle Vorteile eingebracht hat, dann gibt es etwas zu teilen. Wenn ihr es hingegen als eine besondere Gnade empfangen habt, dann nicht.»

«Überleg noch einmal», sagte Ram Kumar.

Und ich darauf, ohne lange nachzudenken:

«Die Frage, ob dem Trödler ein Anteil zusteht, ist wiederum eine Prüfung für Pandit Deshraj. Eine philosophische Prüfung.»

«Was hätte er denn tun sollen?» fragte Ram Kumar.

«Ich weiß es nicht», mußte ich kleinlaut zugeben.

Ram Kumar wiegte den Kopf hin und her, wie die Inder es zu tun pflegen, wenn sie ihrem Gesprächspartner Zeit lassen wollen, über ein Problem nachzudenken. Im allgemeinen irritiert mich diese Angewohnheit, weil man nie weiß, was eigentlich in ihnen vorgeht; aber bei einem vertraulichen Gespräch empfinde ich dieses sanfte Hin- und Herwiegen als unendlich wohltuend.

«Du bist nicht so ungläubig, wie du meinst», sagte Ram Kumar. «Wer ist der Gott, unter dessen Blick du aufgewachsen bist?»

«Der Gott der Juden», erwiderte ich.

«Er hält seinen Blick immer noch auf dich gerichtet», flüsterte er fast unhörbar.

In diesem Moment kamen die Schulkinder anmarschiert, und Ram Kumar schlug mir vor, ins Haus zu gehen. Mechanisch sah ich auf die Uhr, ich wollte den letzten Zug nach Jalandhar nicht verpassen. Ram Kumar bemerkte es und meinte, ich könne doch in Hoshiarpur übernachten.

«Ich denke, hier gibt es kein Hotel.»

«Neuerdings gibt es eines», sagte er. «Ich bringe dich dann hin.»

Wir verzogen uns ins Eßzimmer, das neben seinem Büro lag. Das erste, was mir dort auffiel, war ein in die Decke eingeritzter sechszackiger Stern. Ich sah mich im Zimmer um und bemerkte, daß die Bodenfliesen genau unterhalb dieser Stelle ebenfalls einen sechszackigen Stern bildeten. Diese symmetrische Anordnung überraschte mich; wenn dasselbe Motiv zweimal so verwendet wurde, mußte das für einen Hindu sicherlich eine tiefere Bedeutung haben. Aber was mochte der Davidsstern, das Symbol des Judentums, einem Hindu bedeuten?

Diese Ungereimtheit belustigte und irritierte mich zugleich. Besaßen sie denn nicht schon eine überreiche religiöse Symbolik, diese Hindus? Aber natürlich täuschte ich mich wieder einmal; dieses kosmologische Symbol ist nämlich hinduistischen Ursprungs. Wir haben es von ihnen übernommen.

Trödler

Bei diesem Gespräch zwischen Ram Kumar und mir war Opianski nicht dabei. Zum ersten Mal hatte mein Freund mich nicht nach Hoshiarpur begleiten wollen, sondern es vorgezogen, den Tag in Amritsar zu verbringen. Er hielt Ram Kumar jetzt nur noch für einen geschickten Fälscher und cleveren Geschäftemacher; und wenn Opianski sich einmal seine Meinung gebildet hatte, konnte nichts ihn davon abbringen.

Als ich nach Jalandhar zurückkam, erzählte ich ihm die Geschichte des Trödlers, wie ich sie von Ram Kumar erzählt bekommen hatte. Opianski hörte mich geduldig bis zum Schluß an und meinte dann: «Na klar, die Hauptsache an der ganzen Geschichte ist das Geld.»

Wir warfen uns den ganzen Abend gegenseitig Argumente an den Kopf, und am folgenden Morgen verließ Opianski das Schiff. Er wollte nach Bombay, um dort eine indische Schriftstellerin zu besuchen, von der er gerade einen Band Erzählungen las. Eine höchst attraktive Frau, nach dem Foto auf dem Umschlag zu schließen.

Damit war offenbar eine jahrelange Freundschaft zu Ende.

Ich machte allein weiter und fühlte mich, trotz einer gewissen Besorgnis, im Grunde genommen erleichtert. Während dieser ganzen Reise hatte ich in Opianski meinen Führer und mein alter ego gesehen, doch er war immer mißtrauischer geworden, und jetzt schien es ihm nur noch darum zu gehen, Ram Kumar als Betrüger zu entlarven. Die geschäftstüchtige Seite der Bhrigu Shastri empörte ihn – ausgerechnet ihn, der doch zwanzig Jahre in der Modebranche gute Geschäfte gemacht hatte!

Auch mir war dieser Aspekt nicht entgangen. Aber Ram Kumar hatte bislang noch nie Geld von mir verlangt, keine Rupie. Im übrigen hielten sich die

Bhrigu Shastri im allgemeinen an die Regel, daß erst kassiert werden durfte, nachdem der Klient seine PATRA bekommen hatte. In meinem Fall waren die Recherchen noch im Gang. Der Rest interessierte mich nicht.

Ram Kumar fiel auf, daß Opianski nicht mehr mitkam, und er wollte wissen, warum.

«Mein Freund zweifelt an deiner Ehrlichkeit», sagte ich unumwunden.

Er kniff die Augen zu, dachte eine Weile nach und fragte:

«Wenn er an meiner Ehrlichkeit zweifelt, warum hat er dich dann hergebracht?»

«Weil er dieses Land liebt...»

«Na, dann gib acht, daß er nicht zum Trödler deiner eigenen Geschichte wird!» lachte Ram Kumar.

Auch das war eine Anspielung auf meine Absicht, ein Buch über die Weissagung zu schreiben. Nebenbei erwähnt: Was mich davon abhielt, es ihm klipp und klar zu sagen, war nicht Geheimniskrämerei. Ich fragte mich nur, ob er ein solches Projekt für sinnvoll hielte. Außerdem wollte ich meine PATRA haben, bevor ich mich definitiv zu diesem Buch entschließen würde. Ich konnte ja nicht über diese Sache berichten, ehe ich nicht ein konkretes Resultat in Händen hatte. Mein spitzfindiges Gewissen befahl mir: «Finde ihn doch erst einmal, deinen Gral!»

Nur war die für eine Recherche normalerweise benötigte Frist schon bald abgelaufen. Tage vergingen, ohne daß etwas geschah. Ich kam mir vor wie einer, der mitten in einem reißenden Fluß auf einem Bein balanciert. Dabei befand ich mich ganz woanders. Vielleicht in irgendeiner indischen Realität, vielleicht in einer universellen Fabel. Im Orient wird zwischen dem einen und

dem anderen keine scharfe Grenze gezogen. Einfacher ausgedrückt: Ich befand mich im Orient. Aber nicht im Orient von TAUSENDUNDEINER NACHT, sondern vielmehr in jenem durchaus alltäglichen Orient, den der Reisende mit halbgeschlossenen Augen durchquert. Dieser Orient, der trostlose, banale, ist mir vertraut. Er gleicht dem Süden aufs Haar.

«Nein, ich hab mich geirrt», bemerkte Ram Kumar etwas später. «Opianski ist nicht dein Trödler. Dein Trödler ist Advokat.»

«Woher weißt du das?» fragte ich erstaunt.

«Manchmal habe ich Visionen...»

«Aber wer ist dieser Advokat?» insistierte ich.

«Ich kann dir wirklich nicht mehr dazu sagen... Meine Visionen sind nur flüchtige Bilder. Ich bin kein Fakir. Ich weiß über andere nur so viel, wie im Buch steht.»

ICH HATTE RAM KUMAR SCHON MEHRMALS GEBETEN, BEI EINER PATRA-LESUNG DABEISEIN ZU DÜRFEN. Erst jetzt, nachdem mein Interesse schon ziemlich erlahmt war, erfüllte er mir meine Bitte.

Der Klient, offensichtlich ein wohlhabender Mann, war eigens aus Malaysia hergereist. Übergewichtig und dicklippig, schob er seinen schwabbeligen Bauch fröhlich vor sich her. Meine Anwesenheit störte ihn nicht, im Gegenteil: «Ich LIEBE Europäer!» versicherte er und ließ sich, während Ram Kumar hinter dem Schreibtisch Platz nahm, wie ein Sack auf das Sofa fallen. Diese bequeme Position paßte jedoch nicht zum Ernst der Stunde, und so mußte er auf Ram Kumars Geheiß wieder aufstehen und sich auf den Besucherstuhl setzen. Er bekam einen Kugelschreiber, eine Anzahl Blätter und ein Stück

Kohlepapier und wurde aufgefordert, alles mitzuschreiben, was ihm diktiert werde, nämlich den ganzen Text seiner PATRA, und zwar lückenlos.

Drei Stunden dauerte die Lesung, und der Malaysier kritzelte etwa zehn Seiten voll. Ich verstand kein Wort, dafür wurde mir jetzt endlich klar, was mit der Allgegenwart Bhrigus gemeint war. Sie ergab sich aus der Methode der Bhrigu Shastri: Dadurch, daß der Klient seine PATRA nach dem Diktat des Sehers niederschrieb und mit nach Hause nahm, wirkte er an der Aufsplitterung und räumlichen Verbreitung des Textes mit. So übernahm auch er zeitweilig die Funktion eines Bhrigu Shastri und erfüllte überdies die Aufgabe des Kopisten, der scheinbar in jedem Hindu schlummert.

Ich durfte noch bei anderen Lesungen dabeisein, Ram Kumar gestattete mir jedoch nie, Tonbandaufzeichnungen zu machen. Die Worte Bhrigus durften nur schriftlich weitergegeben werden. Nach der Lesung hingegen konnte ich mich mit den Klienten unterhalten. Die meisten kamen von weither, manche sogar aus dem Ausland. Auch Filmstars aus Bombay waren darunter. Obgleich sie sich alle für eine westliche Lebensweise entschieden hatten, suchten sie bei Bhrigu Rat. Völlig unbefangen bedienten sie sich sowohl hier als auch dort, nahmen sich ein wenig von ihrer und ein wenig von unserer Kultur. Sie standen an der Grenze zweier Welten, und Ram Kumar erleichterte ihnen die Verbindung zwischen hüben und drüben. Der auf seinem Schatz sitzende Hindu regelte auch diesen Verkehr.

per cent of my earnings. They would cut their share before paying me. It's unfair to say that I didn't honour our agreement," the actor says sternly.

The trouble, he feels, began when Sehgal started planning *Kartavya*. "Now someone tried to play dirty. He was told that I wasn't interested in doing the film since I'd already done one with animals. This annoyed him and he threw me out without so much as a cursory discussion. I did try to call him to clear the misunderstanding but in vain."

Twenty-seven years later, Mohan Sehgal cherishes the sweet memories of *Sawan Bhadon*. He'd rather forget the after-taste of bitterness. The rights of the film aren't with him any more. A while ago, the seasoned film-maker parted ways from his brother-in-law, who held 30 per cent

There was no question of refusing to give 50 per cent of my earnings. They would cut their share before paying me

—NAVIN NISCHOL

Ich hatte mir vorgestellt, die Leute wären nach einer Lesung völlig aufgewühlt, aber alle wirkten beim Weggang genau wie bei ihrer Ankunft: gleichgültig, schüchtern, arrogant oder sorglos, je nach Charakter. Die Lesung hinterließ keine sichtbaren Spuren. Sie rief keine Betroffenheit hervor, höchstens eine leichte Müdigkeit infolge der Konzentration, die das Schreiben nach Diktat erforderte. Dabei schienen die PATRAS verblüffend präzise zu sein. Die Vergangenheit des Betreffenden stehe darin, wurde mir gesagt, und zwar in allen Einzelheiten; und ebenso detailliert werde die Zukunft beschrieben, nur ließ sich die nicht verifizieren. Doch die Klienten Ram Kumars zweifelten keinen Augenblick daran, daß alles Vorhergesagte sich erfüllen würde. Es war ihr Glaube, der sie nach Hoshiarpur führte, nicht rationale Überlegungen oder der Wunsch, Weissagung und Wirklichkeit miteinander zu vergleichen. Deshalb konnte keine Vorhersage sie aus der Ruhe bringen, so betrüblich oder erfreulich diese auch sein mochte. Für sie zählte nur eines: daß sie im Buch verzeichnet waren. Künftige Ereignisse wurden als nebensächlich betrachtet. «Hat nicht Bhrigu selber den Fluch, der über ihn ausgesprochen wurde, in Segen verwandelt?» gab mir eine Klientin Ram Kumars zu bedenken.

NICHT EINMAL DAS IN DER PATRA FESTGESETZTE DATUM IHRES TODES KONNTE DIESE MENSCHEN ERSCHÜTTERN.

DA ICH MITTLERWEILE PRAKTISCH ZUR EINRICHTUNG GEHÖRTE, MEINTE RAM KUMAR, ICH KÖNNTE DOCH GENAUSOGUT IN DEM HOTEL IN HOSHIARPUR WOHNEN. Es war ein Neubau am Stadtrand, der, obschon erst vor kurzem fertiggestellt, bereits ziemlich verlottert wirkte. Die Wände im Badezimmer

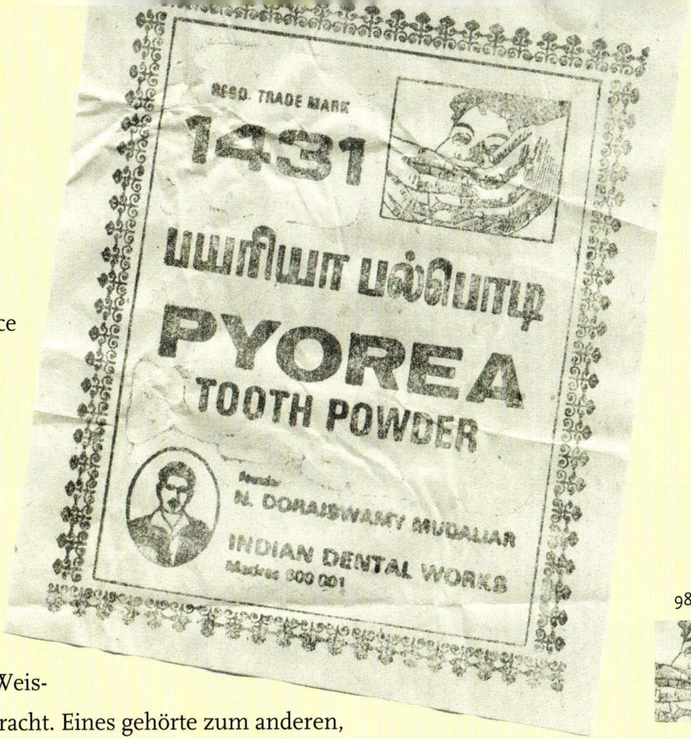

schwitzten, die Heizkörper zischten und gurgelten, die Laken sahen schmuddelig aus.

Ram Kumar nahm es mir durchaus nicht übel, daß ich lieber im Kamal Palace bleiben wollte. Zuweilen fuhr er mich abends mit seinem Wagen nach Jalandhar zurück. Unterwegs erzählte er mir ratenweise den Rest seiner Familiengeschichte. Pandit Deshraj war schließlich auf die Forderung des Trödlers eingegangen. Einerseits betrachtete er das Deuten von PATRAS als eine Art Priesteramt, andererseits hatte ihm die Weissagung unleugbar ein Vermögen eingebracht. Eines gehörte zum anderen, denn schließlich hatte Bhrigu das Buch verfaßt, um seine Nachkommen vor Armut zu bewahren. Von allem Anfang an, erinnerte mich Ram Kumar, sei die Weissagung dazu bestimmt gewesen, den Bhrigu Shastri materielle Sicherheit zu garantieren.

«Aber Bhrigu ist der Autor dieser prophetischen Schrift», wandte ich ein, «wogegen Pandit Deshraj nur durch einen Zufall in ihren Besitz gelangte.»

«Stimmt», meinte er. «Und deshalb fand mein Großvater, die Früchte dieses Zufalls müßten gerecht verteilt werden, auch wenn sich das Buch in seinem Besitz befand.»

«Wie denn? In welchem Verhältnis?»

«Anfangs hatte der Trödler nur ein Zehntel der Einnahmen meines Großvaters verlangt. Aber in der Folge bestand er dann darauf, daß die Abmachung auch für seine Kinder, seine Enkel und deren Nachkommen gelten müsse.»

«Und dein Großvater war damit einverstanden?»

«Ja, er fand das gerecht. Er hielt sich stets vor Augen, daß der Mensch durch seine Nachkommen zu Höherem gelangt. Außerdem war ihm diese Teilung in seiner eigenen PATRA vorgeschrieben.»

«Und du hältst dich ebenfalls an diese Abmachung?»

«Selbstverständlich!» rief Ram Kumar. «Und solange ich Bhrigu Shastri bin, werde ich mich daran halten.»

«Ist man denn nicht auf Lebzeiten Bhrigu Shastri?»

«Nach brahmanischer Tradition gibt es eine Zeit für das Priesteramt und eine Zeit für das weltliche Leben. In meiner PATRA sagt mir Bhrigu, daß ich in einigen Jahren wieder ins weltliche Leben zurückkehren werde.»

«Mrs. Sneh ist doch älter als du und praktiziert trotzdem noch», bemerkte ich.

Er nickte, und da gestand ich ihm endlich etwas, was mich schon lange beschäftigt hatte:

«Ich bin überzeugt, daß Mrs. Sneh gar nicht deine Tante ist, sondern die Enkelin des Trödlers», begann ich. Und als er es nicht abstritt, erklärte ich weiter: «Ich habe doch gesehen, wie sie es machte. Sie ist bestimmt nicht in die Lektüre des Buches Bhrigu eingeweiht worden! Aber vermutlich hat sie irgendeinen Trick herausgefunden, der es ihr ermöglicht, sich als Bhrigu Shastri auszugeben; was für einen, weiß ich nicht. Wie dem auch sei, die

Abmachung mit dem Trödler war wohl nicht ganz so, wie du sie mir geschildert hast. Oder dann fehlen noch ein paar Episoden zu dieser Geschichte.»

Mein kleines Seher-Experiment erleichterte uns alle beide. Damit war der Schleier teilweise gelüftet, eines der Geheimnisse auf die sanfte Tour aufgeklärt worden. Im übrigen kam es nicht so sehr darauf an, wer die Vereinbarung zwischen dem Großvater und dem Trödler falsch ausgelegt hatte. Irgendwann würde mir Ram Kumar auch das noch verraten. «Nur nicht drängen. Laß ihn so erzählen, wie er will, und respektiere seine Chronologie!» Das hatte ich mir tags zuvor als Merksatz ins Reisetagebuch geschrieben.

Da er es anscheinend nicht eilig hatte, lud ich ihn zu einem Drink in die Hotelbar ein. Er bestellte ein Glas Milch, ich einen Orangensaft. Um uns herum vollführte eine Schar Sikhs einen Heidenlärm. Die Männer ließen sich mit Whisky MADE IN INDIA vollaufen, und je lauter sie grölten, desto stiller und bedrückter wurde Ram Kumar. Außerhalb seiner vier Wände schien er sich unbehaglich zu fühlen, er wirkte wie versteinert. So schlug ich ihm vor, in die Hotelhalle zu wechseln, wo es ruhiger war, aber auch dort war ihm nicht wohl zumute. Schließlich setzten wir uns in seinen Wagen. Erleichtert tat er einen tiefen Zug an seiner BIDI und ließ den Motor anspringen.

«Für Sikhs hast du offenbar nicht viel übrig», bemerkte ich.

«Sie sind so unberechenbar, ich traue ihnen nicht... Vor allem dann nicht, wenn eine ganze Gruppe an einem Ort wie diesem hier aufkreuzt.»

Dabei hatte Ram Kumar einen Mitarbeiter, der Sikh war. Die Leute in Delhi, die mich auf die Spur der Bhrigu Shastri gebracht hatten, waren ebenfalls Sikhs. Ich mochte die Sikhs. Jedenfalls waren mir ihre Vitalität und ihre Lebensfreude ausgesprochen sympathisch.

Wir fuhren ziellos durch die Gegend und befanden uns plötzlich auf der Strasse nach Hoshiarpur. Aber nicht, weil Ram Kumar nach Hause wollte; es war nur eine unwillkürliche Reaktion des Hindu auf die uralte Bedrohung durch Sikhs.

Ich sagte nichts und ließ ihn weiterfahren. Erst nach etwa zehn Kilometern bemerkte er es, schüttelte den Kopf über sich selbst und wendete den Wagen. Dann verkündete er: «Ich lege jetzt ein paar Schweigeminuten ein.» Für Ram Kumar gab es nämlich nicht nur Schweigetage, sondern auch Schweigestunden oder Schweigeminuten, je nach Befinden. Als Schocktherapie im Fall schlechter Karmas, als sanfte Medizin zur Behandlung kleinerer Seelenbeschwerden.

Ram Kumar parkt vor dem Kamal Palace, und wir bleiben noch einen Moment schweigend im Auto sitzen. Er hat schon eine ganze Weile kein Wort mehr gesagt. Jetzt ist es sieben. Um diese Zeit lassen Hast und Lärm ein wenig nach. Der Schraubstock der Menschenmasse lockert sich allmählich, und sogar die Rikschas dürfen sich ausruhen. Fünfhundert, vielleicht auch tausend sind kopfüber auf dem Bahnhofsplatz geparkt, in der Stadt sieht man keine einzige mehr.

Das ist die beste Zeit, um in der verschmutzten Luft von Jalandhar ein paarmal tief durchzuatmen.

Die Schweigestunde hatte sich als heilsam erwiesen. Ram Kumars irrationale Furcht vor den Sikhs war überwunden, und er ließ sich von mir zum Abendessen ins Kamal Palace einladen. Bei Tisch wirkte er so gelassen wie immer, obschon die Rabauken von vorhin ebenfalls hier waren und ihr Gelächter durchs ganze Lokal dröhnte. Aber jetzt störte ihn das nicht mehr.

Er aß ebenso langsam, wie er redete. Zwischen seinen Fingern verwandelte

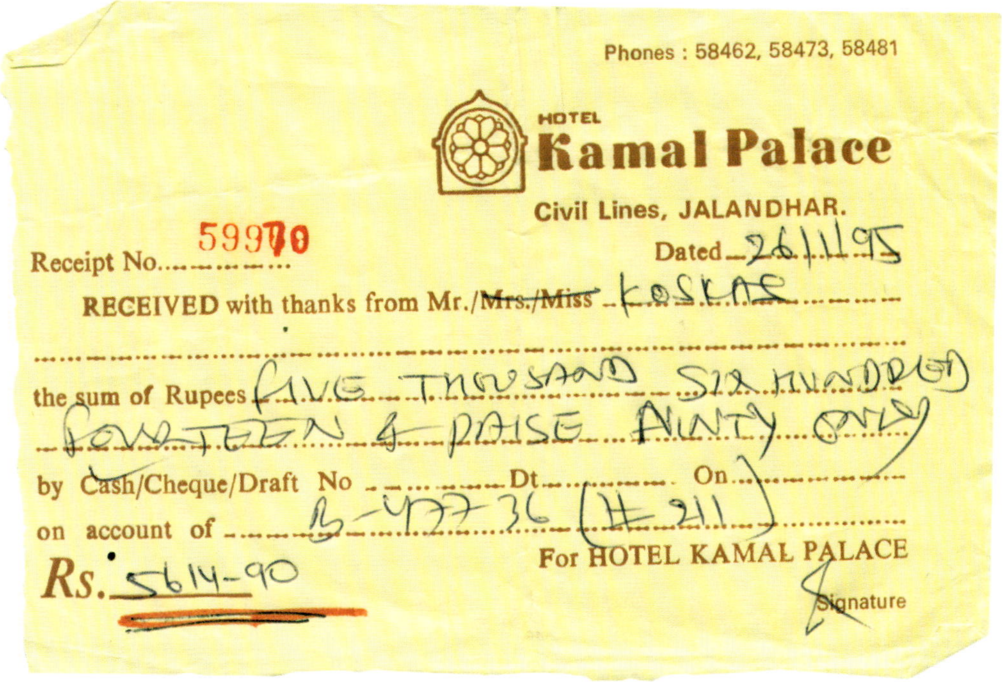

Phones : 58462, 58473, 58481

HOTEL
Kamal Palace
Civil Lines, JALANDHAR.

Receipt No. 59970 Dated 26/11/95

RECEIVED with thanks from Mr./~~Mrs./Miss~~ KOSKAS

the sum of Rupees FIVE THOUSAND SIX HUNDRED FOURTEEN & PAISE NINTY ONLY

by Cash/Cheque/Draft No .... Dt .... On ....

on account of B-47736 (# 211)

For HOTEL KAMAL PALACE

Rs. 5614-90

Signature

sich das Essen in eine Art Lehm, den er rollte und knetete, ohne auch nur einmal vom Teller hochzublicken. Er erinnerte mich ein wenig an A.B. Singh. Nur war Ram Kumar überzeugter Vegetarier und trank niemals Alkohol.

Ob er gelegentlich seine PATRA konsultiere, wollte ich wissen.

«Um nicht in Versuchung zu geraten», gestand er, «habe ich sie an einem sicheren Ort aufbewahrt, vierhundert Kilometer von hier. Aber vor einigen Monaten bin ich hingefahren und habe einen Blick darauf geworfen. Da steht schwarz auf weiß geschrieben, daß du mich aufsuchen würdest. Dein Nachname beginnt doch mit K, nicht wahr? Und deine beiden Vornamen haben den gleichen Anfangsbuchstaben?»

«Richtig.»

«Du hast mir gesagt, daß du Franzose bist, aber nach meiner PATRA kommst du aus Andalusien.»

«Nein, ich komme aus Frankreich...»

«Bist du spanischer Abstammung?» fragte er weiter.

Mit einer Stimme, die heiser war vor Erregung, erwiderte ich, einer meiner Vorfahren sei tatsächlich Spanier gewesen.

Daß ich in der PATRA Ram Kumars erwähnt wurde, war eine freudige Überraschung. Endlich wurde mir ein Almosen gewährt, ein klein wenig vom Gral, wenn auch nur in Gestalt eines fernen Vorfahren. Als stammte die Idee dieser Reise nach Hoshiarpur ursprünglich von diesem andalusischen Ahnvater, und als hätte ich sie in seinem Namen unternehmen müssen. Vielleicht hatte es ihn seinerzeit nach Indien gezogen. Wie auch immer, irgend etwas mußte im Lauf der Jahrhunderte von ihm auf mich übergegangen sein. Etwas Immaterielles – wie das Knistern eines Opferfeuers. Ein Teil von ihm, ein Stückchen von seiner Seele, und seine Initialen.

«Sonst nichts?» fragte ich.

«Initialen – ist das etwa nichts?» fragte er zurück.

Erst als ich wieder auf meinem Zimmer war, kamen mir plötzlich Zweifel.

Initialen

Was hatte er mir eigentlich gesagt? Was war denn so verwunderlich an seiner Annahme, ich stammte aus Spanien? Schließlich hatte ich schwarze Augen und schwarze Haare...

Immerhin, er hatte meine Initialen richtig erraten, obwohl ihm nur mein erster Vorname bekannt war. Aufgrund einer dieser Visionen, die er manchmal hatte? Oder stand mein Name tatsächlich in dem Buch?

Je länger ich es mir überlegte, desto unsicherer und unbehaglicher fühlte ich mich an meinem Plätzchen in der patra Ram Kumars. Überprüfbar war die Sache jedenfalls nicht.

Tags darauf startete ich einen Frontalangriff. Sobald Ram Kumar sich im Garten zu mir gesetzt hatte, informierte ich ihn über mein nun schon weit zurückliegendes Gespräch mit Professor Menjka.

«Ich kenne ihn zwar nicht», meinte Ram Kumar, «aber dieser Professor hat unser Buch niemals gesehen.»

«Würdest du es ihm zeigen, wenn er es verlangte?»

«Selbstverständlich», sagte er verwundert.

Offensichtlich begriff er nicht, warum ich plötzlich diesen Ton anschlug. Fühlte er sich deswegen verletzt? Oder war es ihm völlig gleichgültig?

«Falls du nochmals ins Institut für Sanskrit gehst», bemerkte er, «dann sprich doch auch einmal mit Professor Damodar Jah. Er ist ein großer Gelehrter, der unser Buch sehr gut kennt.»

Als ich beim Institut anlangte, war gerade Pause. Eine Art Zerberus, auf einen Stock gestützt, bewachte den Eingang. Er war schmutzig, zottig, zahnlos und in ein bizarres orangefarbenes Gewand gehüllt, sah aber nicht bedrohlich aus. Er nahm seine rosa Mütze ab und überreichte mir eine zerknitterte Visitenkarte mit dem Aufdruck Dr. V.N. Swami. Noch bevor ich etwas sagen konnte, packte er mich am Arm und schleppte mich davon. Ich mußte sämtliche Schätze des Instituts bewundern; keine einzige Vishnu-Statuette, keine einzige Reliquie blieb mir erspart. Die Besichtigung schien kein Ende zu nehmen.

Als wir in einem langen Korridor um die Ecke bogen, lief uns zum Glück Professor Menjka über den Weg, und mein Führer lockerte für einen Moment seinen Griff. «Damodar Jah?» fragte Menjka in seiner blasierten Art. «Der wird auf dem Campus sein.»

Augenblicklich packte mich der Zerberus wieder am Ärmel und schleppte mich nach draußen, wobei er den Namen Damodar bellte. Sein Gekläff durchbrach die feierliche Stille wie eine Blasphemie, aber niemand nahm daran Anstoß. Er zog mich hinter sich her in eine Ecke des Campus, wo drei Männer an einem Tisch saßen.

Damodar Jah komme erst später, hieß es. Ich mußte also warten, doch die Zeit wurde mir nicht lang. Es war angenehm, in der Sonne zu sitzen, stark gesüßten Tee zu trinken und dem Gespräch der drei Sprachwissenschaftler zu lauschen. Ich kannte ihre Theorie, wonach alle indogermanischen Sprachen

aus dem Sanskrit stammen, und ihre Beweisführung schien mir ebenso unterhaltsam wie aufschlußreich. Trotzdem ist mir davon nicht viel mehr in Erinnerung geblieben als die Tatsache, daß wir dem Sanskritwort NOCTA unser «Nacht» verdanken.

Was das Buch Bhrigu anging, so hatte keiner von ihnen je eine PATRA zu Gesicht bekommen, es hatte auch keiner von ihnen je eine zu sehen gewünscht. Sie gaben sich reserviert, blieben in der Defensive und schienen ein wenig verlegen. Vielleicht mißfiel ihnen der Vollständigkeitsanspruch dieses Textes, oder ihre wissenschaftliche Denkweise empfand Wahrsagerei ganz allgemein als etwas allzu esoterisch. Doch als wir auf die Astrologie zu sprechen kamen, gaben alle drei unumwunden zu, daß sie felsenfest daran glaubten. Für sie war die Sprache der Sterne eine exakte Wissenschaft.

Endlich erschien Damodar Jah, ein großer, hagerer Mann mit einem kleinen Kopf, der an einen gerupften Vogel erinnerte. Seine gütigen Augen und sein zurückhaltendes Lächeln erweckten Vertrauen. Ich folgte ihm in einen dunklen Saal der Abteilung für Astrologie, und wir setzten uns an einen Tisch. Durch ein kleines Oberlicht fiel ein dünner, jedoch blendendheller Sonnenstrahl herein, der die zerbrechliche Gestalt Damodar Jahs wie mit einem Heiligenschein umgab.

Der Professor saß mit gefalteten Händen und leicht zur Seite geneigtem Kopf mir gegenüber. Er gehörte zu jenen Menschen, bei denen jede Konversation fast unmerklich etwas Vertrauliches, ja Verschwörerisches bekommt. Aber obwohl er sehr leise sprach, redete er eine deutliche Sprache. Er erwähnte nur kurz «unser schönes Lahore», wo seine Eltern seinerzeit ein Haus neben demjenigen Pandit Deshrajs bewohnt hatten. Die beiden Familien verkehrten miteinander und waren nach der Teilung im Jahre 1947 gemeinsam aus dem westlichen Punjab auf indisches Territorium geflohen. Die Massenflucht von Hindus und Moslems hatte zu entsetzlichen Massakern geführt. Laut Damodar Jah war das Buch Bhrigu damals vernichtet worden.

«Die beiden Karren, auf denen wir den Text transportierten, wurden unterwegs von Moslems in Brand gesteckt», berichtete er. «Nichts ist davon übriggeblieben als ein armseliges Häufchen PATRAS.»

«Woher wissen Sie das, Herr Professor?»

«Ich war damals dabei», sagte Damodar Jah. «Ich lenkte einen der Karren, mein jüngerer Bruder den anderen.»

«Sind Sie ganz sicher?»

«Sicher?» wiederholte er befremdet. «Ob ich sicher bin? Glauben Sie denn, daß man so etwas einfach erfindet? Mein Bruder kam nicht schnell genug von seinem Karren herunter, sie haben ihn umgebracht. Ich war flinker als er, ich rannte weg, ohne auch nur einmal zurückzuschauen. Dann versteckte ich mich zehn Tage lang im Wald... So etwas vergißt man nicht, das können Sie mir glauben.»

«Aber warum mußten ausgerechnet Sie und Ihr Bruder diese beiden Karren lenken? Warum nicht Pandit Deshraj oder Ihre Eltern?»

«Das weiß ich auch nicht. Man hatte uns eben so eingeteilt.»

Ein bodenloser Abgrund tat sich vor mir auf; meine schönen Illusionen lösten sich in nichts auf. In Gedanken packte ich bereits meine Koffer. Wie

hatte ich nur so blauäugig sein können! Ich war stocksauer – auf mich selbst, weil ich so lange einer dummen Utopie nachgelaufen war, auf Ram Kumar, auf Opianski, auf dieses verflixte Indien.

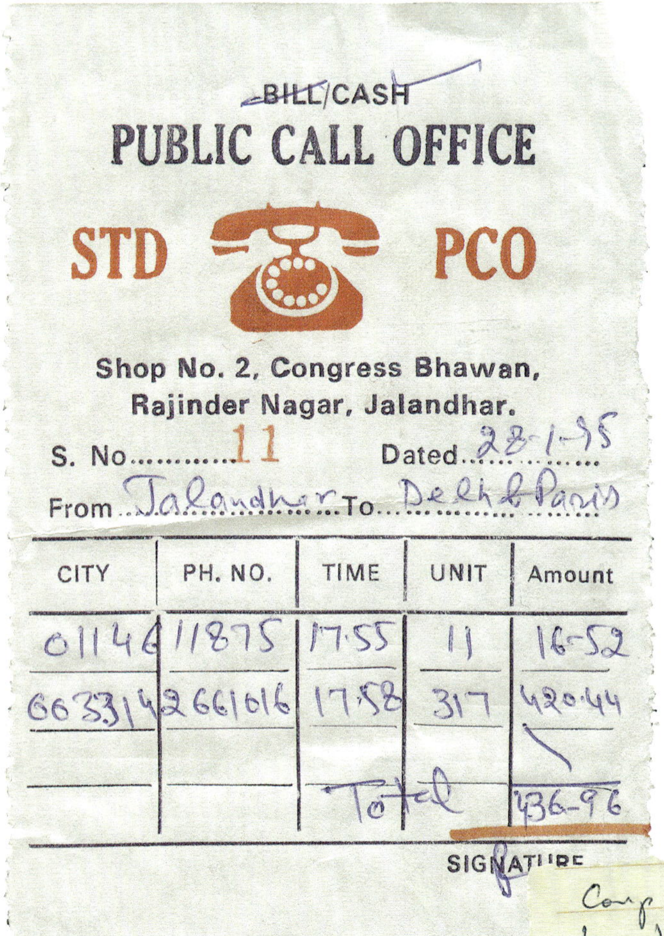
~~BILL~~/CASH

PUBLIC CALL OFFICE

STD PCO

Shop No. 2, Congress Bhawan, Rajinder Nagar, Jalandhar.

S. No. 11 Dated 28-1-95

From Jalandhar To Delhi & Paris

CITY	PH. NO.	TIME	UNIT	Amount
01146	11875	17.55	11	16-52
66331	42661616	17.58	317	420.44
		Total		436-96

SIGNATURE

Die folgenden vierundzwanzig Stunden waren ziemlich schlimm. Ich wußte nicht, sollte ich nach Frankreich zurück oder nochmals nach Hoshiarpur. Nachdem ich eine Weile über den Markt spaziert war, nahm ich eine Fahrradrikscha zum Bahnhof. Wie immer stürmten die Schuhputzerjungen mit gezückten Bürsten auf mich los. Wir kannten uns bereits, mein ganzes Kleingeld landete in ihren gierigen kleinen Händchen.

Ich hatte vor, einen Platz im Zug nach Delhi zu buchen, aber die Warteschlange war so

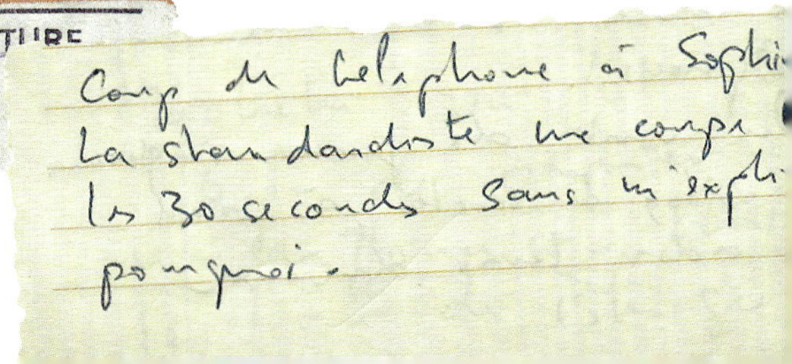
Coup de téléphone à Sophi
La standardiste me coupe
les 30 secondes sans m'expli
pourquoi.

lang, daß ich es aufgab und statt dessen mit einem Stoß Zeitungen unter dem Arm ins Hotel zurückkam. Über Europa wurde nicht viel geschrieben, nur Südostasien machte Schlagzeilen. Auf einmal fühlte ich mich verloren, einsam, uralt.

Todmüde ging ich zu Bett, ohne Plan, ohne die geringste Idee, was ich nun anfangen sollte. Ich hatte die Nase voll von Indien.

Aber alles, was an diesem Abend zusammengebrochen war, erstand am nächsten Morgen wieder neu.

Als ich erwachte, schien mir Ram Kumars Manöver so durchsichtig wie Quellwasser. Hätte sich ein Schwindler auf das Risiko einer solchen Konfrontation mit dem Gegner eingelassen? Hätte er mich ausgerechnet an einen Zeugen verwiesen, von dem er wußte, daß er seine Aussagen widerlegen würde?

Ram Kumar hatte mich zu Damodar Jah geschickt, um mich zu prüfen. Und er wollte damit nicht meinen Glauben an die Weissagung erschüttern, sondern meine Vorurteile. Er hatte mich gezwungen, zwischen zwei Versionen zu wählen, der seinen und der von Damodar Jah, und die eine ließ sich ebensowenig nachweisen wie die andere.

Besaß ich denn auch nur den kleinsten Beweis dafür, daß der ehrwürdige Herr Professor mir die Wahrheit gesagt hatte? Gewiß, er war ein Gelehrter, mithin eine intellektuelle Autorität. Und das Bündel mit den PATRAS, das Ram Kumar mir gezeigt hatte, schien seine Behauptung zu bestätigen. Aber auch Damodar Jah war nicht vor Irrtümern gefeit. Erinnerte er sich wirklich so genau an jene Ereignisse? Er war damals noch ein Junge gewesen, ein von den

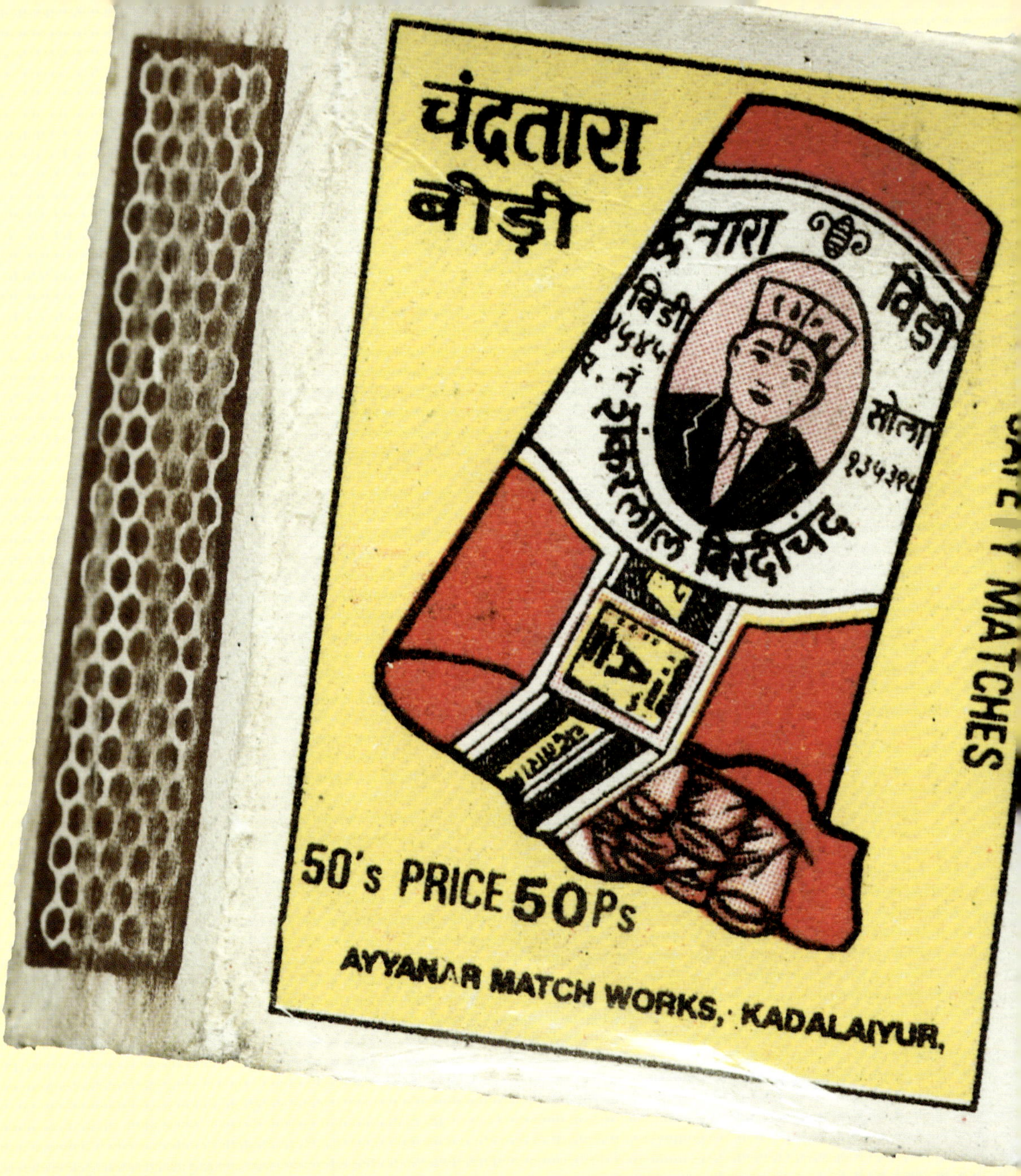

चंद्रतारा
बीड़ी
MATCHES
50's PRICE 50Ps
AYYANAR MATCH WORKS, KADALAIYUR,

Greueln des Krieges und dem Alptraum der Flucht verstörtes Kind. Hatte er tatsächlich gesehen, wie die beiden Karren in Flammen aufgingen? Oder hatte er sich in seiner Angst dieses Feuer nur eingebildet?

All das war lediglich ein Versuch, die Sache auf logische Weise zu erklären. Aber was kann man denn angesichts so vieler rätselhafter Fragen anderes tun, als nach logischen Erklärungen zu suchen, Spekulationen anzustellen, sich in Mutmaßungen zu verlieren?

Ich beschloss also, nach Hoshiarpur zurückzukehren, als sei nichts geschehen. Wie gewohnt wartete ich draußen im Garten auf Ram Kumar. Die Zeit verging langsamer als sonst, aber nicht unerträglich langsam. Dieses Warten war wohl als eine Buße aufzufassen, die Ram Kumar mir meiner Zweifel wegen auferlegte. Zwei Stunden verstrichen, ehe er sich blicken ließ. Er war in den viel zu langen und zu weiten Trenchcoat mit diesen idiotischen Pins gehüllt, den er bei meinem ersten Besuch getragen hatte – als befänden wir uns jetzt wieder dort, wo wir angefangen hatten.

«Was Mrs. Sneh betrifft, so hast du dich getäuscht», sagte er. «Sie ist tatsächlich die Schwester meines Vaters.»

«Meinetwegen, aber ich bin nach wie vor überzeugt, daß sie keine richtige Bhrigu Shastri ist.»

Er wiegte den Kopf hin und her, und ein betretenes Schweigen machte sich breit. Seine Art, mich zu desavouieren, hatte mich verärgert; mir kam diese Art, einem Fremden Widerstand zu leisten, einfach hinterlistig vor. Und Ram Kumar hatte tatsächlich eine böse Überraschung parat.

«Unsere Nachforschungen waren leider erfolglos», eröffnete er mir. «Wir haben deine PATRA nicht gefunden.»

Er zündete sich eine BIDI an, stieß eine Rauchwolke aus und fügte hinzu: «Jedenfalls nicht in dem Teil des Buches, der in meine Zuständigkeit fällt.»

«Aber meine Initialen müssen doch in diesem Teil stehen... wenn deine PATRA zu diesem Teil gehört!»

«Richtig. Aber deine Himmelskarte ist nicht im Index verzeichnet. Wenn deine PATRA existiert, dann muß sie sich in dem Teil befinden, den meine Tante bekommen hat.»

«Was soll das heißen?»

«Vor seinem Tod teilte mein Großvater das Buch in zwei Teile. Den einen bekam mein Vater – den habe ich dann geerbt –, den anderen meine Tante.»

«Und der Index?»

«Der wurde ebenfalls aufgeteilt. Er bestand aus mehreren Bänden. Siebenundzwanzig davon besitze ich, und meine Tante... ich weiß nicht genau, wie viele.»

«Deine Tante ist wohl kaum bereit, ihren Teil nach meiner PATRA zu durchforschen...»

«Weshalb sollte sie nicht?»

«Sie hat mich doch rausgeschmissen!»

«Ja, aber sie darf die Lektüre einer PATRA nicht verweigern. Wir üben ein heiliges Amt aus, da geht es nicht um persönliche Sympathien oder Antipathien.»

«Und außerdem glaube ich einfach nicht, daß sie eingeweiht wurde», sagte ich verstockt.

«Ob du es glaubst oder nicht glaubst, ist deine Sache», meinte Ram Kumar. «Ich könnte ja mal mit ihr reden.»

«Ich denke, sie ist für fünf Monate verreist?»

«Das ist eine symbolische Abwesenheit. Fünf Monate, soviel Zeit würdest du brauchen, um elfmillionenmal das wichtigste Mantra zu rezitieren.»

«Was für ein Mantra?»

«Das Mantra OM... Meine Tante würde sicherlich von dir verlangen, daß du elfmillionenmal OM rezitierst, bevor sie nach deiner PATRA zu suchen beginnt.»

«Warum in aller Welt sollte ich ein Mantra rezitieren? Und warum ausgerechnet elfmillionenmal? Warum nicht zehn- oder zwanzigmillionenmal? Du hast doch auch nichts Derartiges von mir verlangt!»

«Hätte ich es nur getan», seufzte Ram Kumar. «Ich bin wohl zu nachsichtig mit dir gewesen, weil du dich so für unser Buch zu interessieren scheinst.»

«Aber ich bin wirklich ernsthaft an eurem Buch interessiert!»

«Ja, ich weiß. Aber meine Tante versteht nicht, welcher Art dein Interesse ist. Sie denkt, du bist einfach nur neugierig. Und ein Zweifler...»

Er warf seine BIDI auf den Kiesweg und stand auf. Ich fühlte, daß ich ihn jetzt unbedingt zurückhalten mußte, wenn ich nicht riskieren wollte, daß meine Reise ein schmähliches Ende nahm, und so sagte ich:

«Derjenige, der euer Buch vor der Zerstörung bewahrt hat, war doch auch ein Zweifler!» Und da er meine Anspielung auf den Engländer, den Beauftragten des Maharadscha von Lahore, nicht zu verstehen schien, erinnerte ich ihn an die Episode, in welcher der Maharadscha beinahe das ganze Buch Bhrigu verbrannt hätte.

Zögernd und stirnrunzelnd setzte sich Ram Kumar wieder, zog eine neue BIDI hervor und begann nervös zu paffen.

«An diesen Aspekt habe ich gar nicht gedacht», mußte er schließlich zugeben.

«Ein Zweifler ist nicht unbedingt auch ein Ungläubiger. Und wenn einer nicht den rechten Glauben hat, so muß er deswegen noch lange nicht unredlich sein.»

«Ich halte dich nicht für einen Ungläubigen und ich bin von deiner Redlichkeit überzeugt. Aber du mußt auch begreifen, daß meine Tante das ein wenig anders sieht.»

«Na schön, dann verzichte ich eben auf meine PATRA!»

«Wie du willst», sagte Ram Kumar.

Ich hatte mich wohlweislich gehütet, Ram Kumar über mein Gespräch mit Damodar Jah zu informieren. Mir schien es klüger, so zu tun, als hätte diese Begegnung nie stattgefunden. Doch dann, als Ram Kumar mich mit dem Wagen nach Jalandhar zurückfuhr, kam er von selbst auf das Thema zu sprechen.

«Ich wußte schon seit einiger Zeit, daß deine PATRA nicht in dem Teil des Buches ist, für den ich zuständig bin», beichtete er mir. «Und weil ich befürchtete, die Nachricht würde dich traurig machen, habe ich dich an Damodar Jah verwiesen. Als Trostpflaster, gewissermaßen... Ich dachte mir, du würdest ihm seine Geschichte glauben und nicht mehr zu mir kommen.»

«Ich bin ja nur gekommen, um mich von dir zu verabschieden.»

«Nein, nein, das darfst du nicht sagen», protestierte er. «Was du von

RIPARAMAESHWARI
DASANGAM
SRI PARAMAESHWARI PARIMALA WORKS
T.K.S. Co. 47, MALAIVASAL, TRICHY - 2.
TAMIL NADU. SOUTH INDIA
శ్రీపరమేశ్వర దశాంగం
USE ALWAYS : BEST DHOOP CONE
DON'T KEEP DASANGAM OPEN
ALL LEADING SHOP
OUR PRODUCT AVAILABLE

Damodar Jah erfahren hast, hat dich ganz durcheinandergebracht. Verlaß dich auf dein Gefühl, nicht auf deinen Verstand! Du kannst doch nicht nach Hause zurückkehren, ohne Gewißheit zu haben.»

«Dann verschaff mir doch Gewißheit!»

«Das Buch Bhrigu war gar nicht auf den Karren, die von Damodar Jah und seinem Bruder gelenkt wurden», sagte Ram Kumar. «Glaubst du, mein Großvater hätte es zwei Kindern anvertraut, in diesen gefährlichen Zeiten?»

«Was war dann auf diesen Karren?»

«Eine Abschrift, nur eine Abschrift. Es war ein Täuschungsmanöver, sozusagen...»

«Und wer sollte getäuscht werden?»

«Nach all den Versuchen, das Buch zu zerstören, war mein Großvater vorsichtig geworden; er dachte sich, früher oder später würde es sonst tatsächlich noch auf dem Scheiterhaufen landen. Es gab ja so viele Neider! Viel zu viele.»

«Und da hat er eine Abschrift gemacht?»

«Nicht nur eine, sondern mehrere. Zwischen 1915 und 1917 hat er im ganzen sieben Abschriften angefertigt.»

«Und das Original? Wo ist das geblieben?»

«Keine Ahnung – wahrscheinlich hat mein Großvater es wieder in Umlauf gebracht. Wahrscheinlich hat er auf diese Weise der Vorsehung den Schatz, den sie ihm anvertraut hatte, zurückgegeben. Nichts ist davon übriggeblieben als das Bündel mit den PATRAS, das ich dir gezeigt habe.»

Diese Erklärung bestätigte immerhin meine These über die Bedeutung des Kopierens in der Hindu-Mentalität. Trotzdem hatte ich das Gefühl, meine Bemühungen seien ganz umsonst gewesen. Nicht weil mir der Gral versagt worden war; meine PATRA war mir gar nicht so wichtig. Deswegen war ich eigentlich nicht hergekommen, ja mir wurde sogar angst und bange bei der Idee, man könnte sie tatsächlich finden. Aber ich hatte gehofft, meine geistige Aufgeschlossenheit werde mit einem handfesten Resultat belohnt.

Doch man kann noch so aufgeschlossen sein, in Indien nützt das rein gar nichts. Entweder glaubt man, oder man glaubt nicht. Es gibt kein Dazwischen, es gibt keinen Raum für Zweifler. Nicht, daß ein Zweifler auf Feindseligkeit stoßen würde. Er stößt ins Leere. Er steht vor einem riesigen Loch, einem bodenlosen Abgrund.

«Was meinst du, willst du nicht doch das Mantra rezitieren?» fragt mich Ram Kumar zum letzten Mal.

«Nein, ich will kein Mantra rezitieren.»

Er begleitet mich bis zum Eingang des Kamal Palace und wünscht mir zum Abschied, die Vorsehung möge meine Schritte lenken. Auch ich wünsche ihm alles Gute, und dann umarmen und küssen wir uns wie zwei alte Freunde.

In diesem Moment überkommt mich eine unendliche Trauer. Nicht wegen des Abschieds, eigentlich bin ich ja ganz froh, wieder nach Hause zu fahren, sondern weil diese Reise, statt mir etwas einzubringen, etwas weggenommen hat. Ich bin in einer von Religiosität durchdrungenen Welt aufgewachsen, und nichts ist mir davon geblieben außer einer Art Neugier für Glaubensfragen. Ich bin nur noch ein Tourist im Lande der Gläubigen. Ein Orientale, der den Orient nicht mehr versteht. Mein Herz hat sich verschlossen, mein Geist ver-

barrikadiert. Das ist es, was mir jetzt mit grausamer Deutlichkeit bewußt wird.

Ram Kumar fühlt meinen Kummer und macht kehrt. Er lädt mich auf einen Drink in die Hotelbar ein. Dort zieht er die Liste mit den Geburtsdaten meiner Bekannten aus der Tasche, die ich ihm bei meinem ersten Besuch gegeben hatte, und betrachtet sie lange. Dann streicht er das Papier auf dem Tisch glatt und deutet mit Zeige- und Ringfinger auf zwei Geburtsdaten, die von Suzy und Lisa. Sie scheinen ihn gleichsam zu inspirieren – wieso eigentlich?

«In gewisser Weise», erklärt er, «sind diese beiden Frauen Schwestern... Sie besitzen die Erfahrung der Könige und der Weisen, welche den Stoff, aus dem diese Welt gemacht ist, mit in den Schlaf nehmen, um sie neu zu schaffen, indem sie sie durch ihr eigenes Licht erhellen...»

«Ich verstehe nicht, was du sagen willst.»

«Was ich sage, ist doch ganz einfach. Diese beiden Frauen sind aus einem langen Schlaf zurückgekehrt, nicht wahr?»

Richtig, Suzy lag drei Monate lang im Koma, und Lisa schlief während zehn Jahren täglich zwölf Stunden. Der todesähnliche Schlaf hat das Leben beider verwandelt. Jetzt kommen sie mit nur vier Stunden Schlaf aus. Sie leben nicht, sie wachen.

Woher wusste Ram Kumar, was diese beiden Frauen miteinander verbindet? Ergab es sich aus ihren Geburtsdaten? Oder war es nur eine seiner flüchtigen Visionen?

Er faltete das Blatt und reichte es mir ohne weitere Erklärung. «Höchste Zeit, daß du nach Hause zurückkehrst», sagte er mit einem warmen Lächeln. «Deine Frau wartet auf dich, dein Sohn sehnt sich nach dir, dein Trödler wird allmählich ungeduldig.»

Und dann stand er auf und ging.

Am nächsten Morgen nahm ich den Zug nach Delhi, am übernächsten Tag war ich wieder in Paris. Ende des Abenteuers – dachte ich. Aber das Abenteuer ging weiter, ohne mein Wissen und auf eine sonderbare Weise. In meinem Inneren psalmodierte eine Stimme. Eigentlich war es nur ein Laut, doch er widerhallte unaufhörlich in meinem Kopf. Ich schlief damit ein, ich wachte damit auf: OM, OM, OM. Das Mantra, das ich auf Ram Kumars Rat elfmillionenmal rezitieren sollte.

OM hatte sich klammheimlich eingenistet wie eine Melodie, die einen hartnäckig

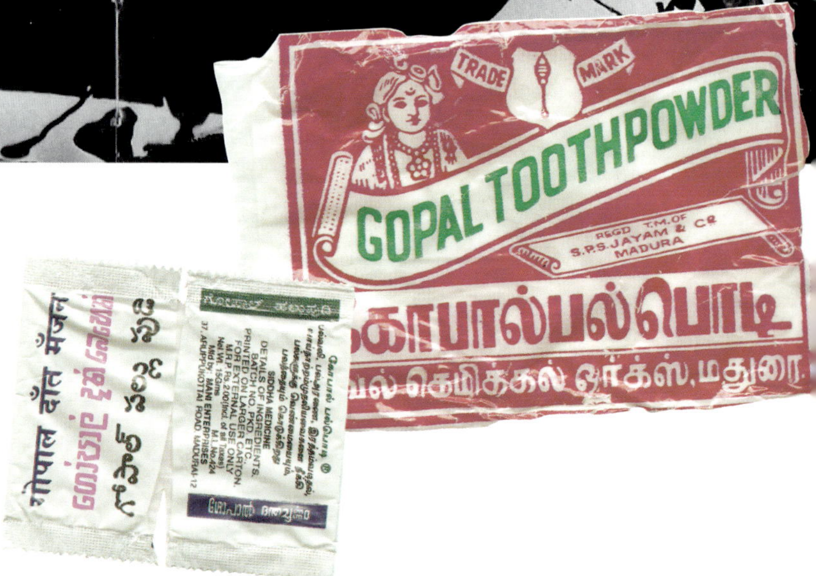
TRADE MARK
GOPAL TOOTHPOWDER
REGD T.M. OF
S.P.S. JAYAM & Co
MADURA
கோபால்பல்பொடி
பல் கெமிக்கல் ஒர்க்ஸ், மதுரை.
गोपाल दाँत मँजन
SIDDHA MEDICINE
FOR EXTERNAL USE ONLY.

verfolgt. Manchmal ganz deutlich, manchmal fast unmerklich schlug es den Takt zu meinen Gedanken und Worten. Wie ein nie verlöschendes Feuer loderte es einmal heftig auf, ein andermal glomm es nur noch schwach, je nachdem. Ich konnte nichts dagegen tun, OM war stärker als ich. Also mußte ich mich damit abfinden. Es zu meinem inneren Gefährten machen.

Ich erwartete kein Wunder, doch war mir stets gegenwärtig, daß ein Mantra ein sprachliches Saatkorn ist, eine magische Formel, der Sauerteig, der die Welt aufgehen läßt.

Von allen Mantras ist OM dasjenige, das man am leichtesten behält. Wer es ausspricht, leistet einen Treueid, denn es bedeutet: «Ich bin bereit, ich bin einverstanden.» Oder auch: «Ich füge mich.» Aber womit war ich einverstanden? Welcher höchsten Wahrheit fügte ich mich? Vor meiner Reise nach Indien war ich ein Zweifler gewesen, und ein Zweifler blieb ich auch nach meiner Rückkehr aus Indien.

Trotzdem, OM war mir eine große Hilfe im Alltag. Es erwies sich als ausgezeichneter Schutz gegen leeres Geschwätz und sinnlose Streitereien, es kurierte alle möglichen Beschwerden. Zudem konnte OM lästige Gedanken verscheuchen, so wie man mit einer Handbewegung eine lästige Fliege verscheucht.

Die Zeit verstrich, OM blieb. Mein Aufenthalt in Hoshiarpur war nur noch eine Erinnerung, merkwürdig nah und zugleich so fern wie meine Kindheit, wie etwas, das sich außerhalb meines Daseins ereignet hatte. Das Mantra dagegen war zu einem Teil meines Daseins geworden.

Hatte ich unterdessen die von Ram Kumar vorgeschriebenen elf Millionen OM bereits ausgesprochen? Oder erst fünftausend? Oder noch nicht ganz

hunderttausend? Hatte ich mein Pensum schon erfüllt, oder war ich noch weit davon entfernt? Ich zählte nicht, es war mir einerlei.

Im allgemeinen sprach ich wenig über meine Reise. Wenn man mich etwas fragte, wich ich meistens aus. Es war noch zu früh, darüber zu sprechen. Ein paarmal hatte ich es versucht, und jedesmal war man mir mit derselben praktischen Frage gekommen: «Hast du sie nun gefunden, deine Akte?» Aber in der Art, wie die Leute mich ausfragten, lag so viel Grobheit, daß ich nichts erklären mochte.

Dann nahm ich Zuflucht zu OM, meinem hilfreichen Mantra.

Ram Kumars Vision von meinem «Trödler» sollte einige Monate nach meiner Rückkehr Wirklichkeit werden. Eines Tages, als ich in der Stadt unterwegs war und es plötzlich wie aus Eimern zu gießen begann, betrat ich eine schmierige Kneipe in Belleville. Am Tresen lehnte ein dicker Mann mit Wieselaugen, der mich durch seine beschlagenen Brillengläser hindurch aufmerksam musterte. Das Gesicht kam mir irgendwie bekannt vor, aber mir wollte dazu kein Name einfallen. Der Mann streckte mir die Hand entgegen und stellte sich selbst vor:

«Charles Tolédano. Wie ich höre, warst du in Indien.»

Er hatte früher einmal eine gutgehende Anwaltskanzlei besessen, bis ihm wegen irgendeines Vergehens die Zulassung entzogen worden war. Seither hielt er sich offenbar als Winkeladvokat über Wasser, aber er war so höflich und liebenswürdig wie eh und je. Er habe schon seit langem einmal mit mir reden wollen, sagte er, ob ich nicht auf einen Sprung mitkommen und mir seine «Schätze» ansehen möchte?

Seine Junggesellenwohnung in der Rue Ramponneau war bis zur Decke mit Reliquien vollgestopft. Überall vergilbte Dokumente, Stöße von Kalendern, Stapel von Ansichtskarten, Berge von Zeitungen. Der reinste Trödelladen...

Tolédano bahnte sich einen Weg durch das heillose Durcheinander, ich zog es vor, an der Tür stehenzubleiben. Nachdem er einen zerschlissenen Polstersessel ans Fenster geschoben und einen wackeligen Tisch umgekippt hatte, kam eine Truhe zum Vorschein. Er zog ein Papierbündel hervor und begann hastig darin zu blättern; eine Staubwolke stieg hoch, die mir den Atem benahm. Schließlich fand er das Gesuchte: ein in zierlicher Handschrift beschriebenes Blatt, abgefaßt in Ladino, der Sprache der sephardischen Juden. Es handelte sich um eine kurze Mitteilung, datiert vom November des Jahres 1917 und adressiert an den Urgroßvater Tolédanos, der im Souk von Tunis einen Juwelierladen besessen hatte. Der Briefschreiber berichtete in knappen Sätzen von seiner mißglückten Transaktion mit dem «Seher von Lahore».

Nach Meinung Tolédanos war damit kein anderer als Pandit Deshraj gemeint. Ich teilte seine Meinung. Aber worum war es bei dieser Transaktion gegangen? Hatte der Briefschreiber im Auftrag des Juweliers versucht, das Buch Bhrigu zu kaufen? Sollte er jener mysteriöse Engländer gewesen sein, den der Maharadscha von Lahore zu Pandit Deshraj geschickt hatte? Oder waren so viele Ausländer auf die Weissagung erpicht gewesen, daß die Legende aus ihnen eine einzige Person gemacht hatte?

Der Brieftext konnte dieses Rätsel auch nicht lösen. Aber dann sprang mir die Unterschrift in die Augen. Es waren meine eigenen Initialen.

Tolédano hat mir den Brief geschenkt, und ich habe ihn danach nie wieder-

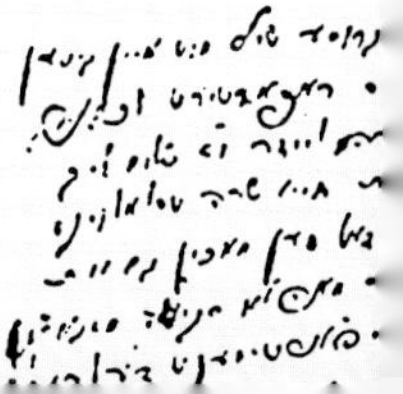

gesehen. Er ist einfach von der Bildfläche verschwunden. Unter seiner Telefonnummer meldete sich niemand, und niemand in der Nachbarschaft konnte mir sagen, was aus ihm geworden war.

So ähnlich ist dann auch OM verschwunden. Von Zeit zu Zeit widerhallte es noch in meinem Kopf, aber ohne mein Zutun. Ich konnte nichts mehr damit anfangen. Es hat sich in Rauch aufgelöst, wie die patras, die der Maharadscha von Lahore verbrannte. Eigentlich könnte die Geschichte hier enden.

Doch da erhielt ich einen Brief von Ram Kumar mit der Nachricht, er habe in dem pistaziengrünen Bündel Opianskis patra gefunden. Er lasse den Text ins Englische übersetzen und werde ihn mir schicken.

Wirklich ein Witzbold, dieser Bhrigu! Er beglückte mit seiner Gabe den größeren Skeptiker von uns beiden.

Opianski lebte in seinem provenzalischen Nest um so bescheidener, als ihm allmählich das Geld ausging, was seinem literarischen Ehrgeiz jedoch keinen Abbruch tat. Er arbeitete nach wie vor an seinem Roman, und zwar mit einer ebenso bewundernswerten wie fruchtlosen Hartnäckigkeit. Die Wörter wollten ihm nicht gehorchen, sie klangen hohl unter seiner Feder, entwischten ihm, wenn er sie zu fassen glaubte. Jeden Abend zerriß er, was er tagsüber geschrieben hatte, um am folgenden Morgen neu zu beginnen.

Als ich ihm die Neuigkeit mitteilte, kam er unverzüglich nach Paris. Seine Neugier hatte schließlich doch über seine Skepsis gesiegt. Schon nach den ersten paar Zeilen seiner PATRA brach ihm der kalte Schweiß aus: Da stand klar und deutlich, daß er während des Krieges in einem Gulag geboren worden war, und als nächstes wurde die Odyssee seiner Familie zwischen dem Iran und Äquatorialafrika beschrieben.

Ebenso präzise situierte Bhrigu die erste Heirat Opianskis im Alter von dreiundzwanzig Jahren und nannte die Initialen seiner Frau; hierauf folgten die Geburt seiner Tochter, eine schlimme Hepatitis, die Opianski heil überstanden hatte, und seine Scheidung mit achtundzwanzig. All das wurde sehr

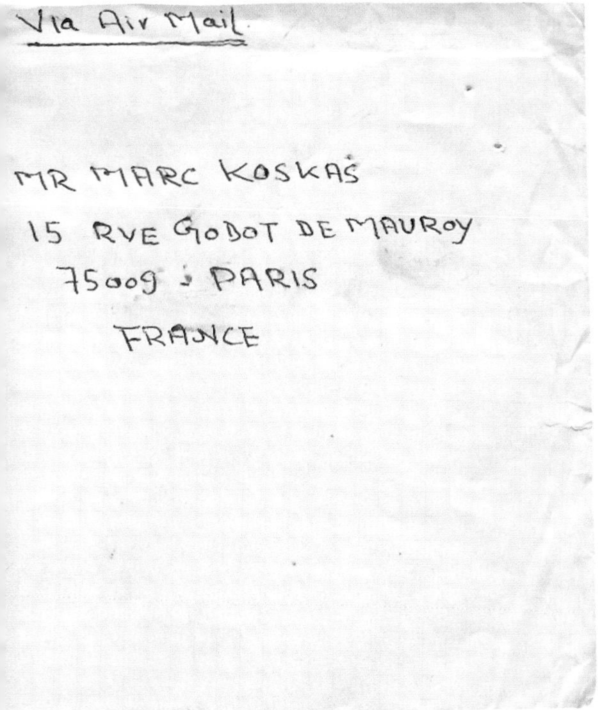

detailliert beschrieben, und wenn sich hie und da eine Ungenauigkeit einschlich, so entbehrte sie nicht der Würze. Zum Beispiel hatte sich Opianski gemäß PATRA viel früher als in Wirklichkeit in die Provence zurückgezogen, nämlich bereits mit dreißig, als gemachter Mann. Aber Bhrigu sah voraus, daß er sein Vermögen in weniger als fünf Jahren vertun werde, und so, wie die Dinge standen, war das sehr wahrscheinlich.

Im großen ganzen hielt sich der Text nicht exakt an die zeitliche Abfolge. Hier verlief die Zeit nicht kontinuierlich. So stand zu lesen, Opianski sterbe im Alter von achtunddreißig Jahren an Herzversagen, doch damit endete seine Lebensgeschichte keineswegs. Es handelte sich eher um Wahrscheinlichkeiten, um ein Inventar möglicher Todesursachen. So prophezeite die PATRA Opianski einen weiteren Tod mit fünfzig und noch einen dritten mit siebenundachtzig Jahren. Doch zwischen einem Herzstillstand und dem nächsten lebte er sein Leben.

Eigentlich lag das große Geheimnis der Weissagung in diesem eigenartigen Zeitbegriff, in dieser bizarren Chronologie, welche Ram Kumar manchmal angedeutet hatte. In der PATRA Opianskis waren alle Einzelheiten, alle wichtigen Ereignisse eines Menschenlebens in einer bestimmten Unordnung angeordnet. Und trotzdem traf alles zu. Die Weissagung zeigte nur eine ungefähre Richtung auf, eine mögliche Abfolge des Geschehens, aber sie behauptete nichts und sie schrieb auch nichts vor. Deshalb vielleicht konnte jemand mehrmals sterben und dennoch weiterleben.

Ein Meisterwerk, wahrhaftig – obschon man nach der Lektüre der Weissagung vor einem noch größeren Geheimnis stand als zuvor. Denn der Geist, der sie hervorgebracht hatte, blieb unsichtbar, unfaßbar, unerreichbar. Wie das Knistern eines Opferfeuers. Er ist uns sicherlich weit überlegen.